KB094981

목탁

목탁 1

검자 新무협 판타지 소설

초판 1쇄 찍은 날 § 2016년 1월 21일
초판 1쇄 펴낸 날 § 2016년 1월 28일

지은이 § 검자
펴낸이 § 서경석

편집책임 § 한준만

펴낸곳 § 도서출판 청어람
등록번호 § 제387-1999-000006호
등록일자 § 1999. 5. 31
어람번호 § 제2-2634호

주소 § 경기도 부천시 원미구 부일로 483번길 40 서경B/D 3F (우) 14640
전화 § 032-656-4452 팩스 § 032-656-4453
http://www.chungeoram.com
E-mail § chungeorambook@daum.net

ISBN 979-11-04-90272-7 04810
ISBN 979-11-04-90271-0 (세트)

목탁 1

검자 新무협 판타지 소설

木鐸
목탁

第一章	해적과 노인	7
第二章	인자무적(仁者無敵)	35
第三章	반쪽 제자	63
第四章	고도 탈출	91
第五章	왈량도의 보물	119
第六章	죄는 미워도	147
第七章	해적왕	177
第八章	목 대협 추모시	205
第九章	마룡대첩	233
第十章	하늘에 뜻을 세 번 묻다	261
第十一章	전서구를 날려라	277

第一章
해적과 노인

절해고도(絶海孤島)!

위로는 하늘, 사방은 거친 파도가 몰아치는 바다뿐인 외로운 섬.

흰 수염이 긴 노인이 해안 절벽의 반석 위에서 좌정한 채로 입적하였다.

그 앞에는 삭아서 너덜거리는 넝마를 걸친 청년이 어깨를 들썩이고 있었는데, 언뜻 우는 것처럼 보였으나 사실은 기괴한 웃음을 흘리는 것이었다.

"크크크크……."

웃음소리는 분명했지만 눈가에는 물기가 맺혀 있다.

웃는 것도 아니고 우는 것도 아닌 기묘한 모습이다.

"이 우라질 노털아! 날 혼자 두고 뒈지면 어쩌란 거야?"

그랬다. 청년은 지금 절해고도에 홀로 남겨진 공포로 어찌 할 바를 몰랐다.

청년은 노인의 죽음 앞에서 허탈한 나머지 애도하는 대신 욕을 쏟아냈다.

"썅! 극락왕생 대신 지옥 일주나 해라!"

누군가 그 모습을 보았다면 비통한 청년의 심정을 헤아릴 수 있었을 것이다.

여긴 오가는 배 한 척 없는 절해고도이다.

지난 3년간 미우나 고우나 말을 주고받던 상대가 사라진 것이다.

* * *

5년 전, 청년은 후배 하나를 꼬드겨 밀무역으로 돈을 벌자고 상선을 탔다.

그런데 무역을 시작하기도 전에 상선이 해적의 습격을 받았다.

처음엔 해적들한테 얻어맞기도 하고 수모를 당하기도 했다.

그러나 타고난 담력과 눈치, 무력으로 곧 능력을 인정받아 해적선의 우수 인재가 되었다.

물론 되고 싶어 된 건 아니고 살기 위해 어쩔 수 없었다.

해적질을 해보니 이거야말로 '와따'였다.

밑천 한 푼 안 들이고 노략질로 돈을 버니 투자 대비 수익이 엄청났다.

해적질 2년 만에 중간급 간부 자리를 꿰차게 되자 더 큰 그림이 그려졌다.

자신을 따르는 수하들을 이끌고 해적선 하나 마련해서 독립하면, 말 그대로 자신만의 해상왕국에서 왕처럼 지낼 수 있다는 생각에 이른 것이다.

당시 그가 속한 해적단은 주로 산동반도 주변을 출몰하며 노략질을 일삼았다.

대규모의 해적단 중에는 왜국과 조선은 물론 멀리 해남에서 대식국까지 횡행하는 국제 규모의 해적단도 있었다.

'어차피 해적 노릇 할 바엔 큰물에서 놀아야지.'

내친김에 해외 원정까지 꿈을 꾸기도 했다.

이국의 풍물과 여자들을 생각하면 어쩐지 가슴이 뿌듯하고 설레기도 하였다.

중간간부가 되던 해, 멀리 대식국에서 항주를 오가던 상선을 노략질한 적이 있는데 그때 본 금발에 푸른 눈의 여자는 정말 인상적이었다.

'야아~ 세상엔 인간 종자가 이렇게 다양하구나.'

처음엔 푸른 눈, 금발의 여자가 요괴처럼 느껴져 어쩐지 꺼림칙했으나 살을 맞대 보니 중원의 여인네들과는 차원이 달랐다.

고도에서 가장 힘든 건 바로 그네들과의 뜨겁던 순간을 떠올릴 때였다.

그가 독립을 선언하고 탈취한 작은 상선에 푸른 해골 문양의 해적 깃발을 올렸을 땐 세상을 다 가진 기분이었다.

"쾨하핫! 푸른 해골 13호가 나가신다!"

그런데 하늘의 도우심 대신 저주가 내렸다.

조정에서 해적들의 노략질을 완전 정리하겠다고 대규모 수군함대를 출병시킨 것이다.

"아, 씨바, 내가 뭣 좀 하려고 하면 꼭 세상이 딴지를 거냐?"

그는 졸지에 현상금 걸린 해적이 되어 노략질은커녕 도망 다니기에 급급하게 됐다.

예전 같으면 아무 어촌에나 정박하여 되는대로 약탈하여도 관군의 반응은 항상 뒷북이었는데, 어촌마다 상비군이 있었고 인가가 몇 안 되는 작은 섬도 비상 연락망이 빠르게 작동되었다.

살고자 도망 다니다 풍랑을 만나 표류하다가 절해고도에

이른 게 3년 전이다.

해안에서 정신을 차렸을 때, 그의 눈앞에는 한 노인이 환하게 웃고 있었다.

"반가우이, 소자!"

사방 5리도 안 되는 작은 섬이었다.

있는 거라곤 기암괴석의 절벽과 해안 동굴 하나가 전부였다.

다행이라면 해조류와 물고기가 풍부해서 먹을 게 있다는 것. 불행은 해류가 사나워서 죽을 때까지 사람 사는 세상 구경하긴 어렵다는 것이었다.

세상 구경은 나중 일이고 우선 당장은 배가 고팠다.

꼬르르르르.

뱃속에서 양분을 들여보내라고 아우성을 치며 난리였다.

"뭐, 먹을 것 좀……."

청년이 비굴한 표정을 지으며 애원하는 눈빛으로 노인을 보자 노인은 저 멀리 보이는 해안의 암벽을 가리켰다.

"저 위에 먹을 게 있을 거야."

암벽은 까마득히 높았고 며칠을 굶은 그로서는 도저히 올라갈 엄두가 나지 않는 암벽이었다.

"노인장께서 보다시피 난 지금 손가락 하나 움직이기 힘든

몸입니다."

청년의 말을 들은 노인이 고개를 끄덕였다.

"먹을 걸 두고도 안 먹겠다면 굶어 죽기로 작정한 모양이군."

청년은 한숨이 나오고 울화가 치밀어 버럭 소리를 질렀다.

"하아~ 노인장 눈에는 지금 이 꼴이 보이지 않습니까?"

그러자 노인이 환하게 웃으며 그를 달랬다.

"웃어. 화내면 만수무강에 안 좋아."

죽이고 싶었다. 청년이 볼 때 이건 약 올리는 게 분명했다.

이런 곳에서 만수무강하는 게 무슨 의미가 있단 말인가?

"노털, 나 기분 안 좋으니까 내 성질 건드리지 말고 저리 꺼져!"

그랬다. 그는 해적답게 장유유서나 노인 공경 정신 따위는 애초에 없었다.

청년은 도덕적 행위를 거두고 본연의 불한당 기질로 승부하기로 했다.

어차피 눈치 봐야 할 사람도 없으니 노인을 제 집 종 부리듯 함부로 대한다 한들 누가 뭐라고 하겠는가?

"노털, 좋은 말로 할 때 당장 먹을 걸 가져와!"

그가 싸가지 없이 굴어도 노인은 그를 탓하지 않았다.

"흘흘, 나보고 저 위를 올라가서 가져오란 말인가?"

청년이 보아도 여든이 훌쩍 넘어 보이는 노인이 암벽을 오르는 건 무리였다.

"아, 씨바! 왜 먹을 게 저 꼭대기에 있는 거야? 어디 다른 데 짱박아둔 거 없어?"

청년이 욕을 하자 노인은 만면에 환한 미소를 머금은 채 고개를 끄덕였다.

"흐흐, 흘흘, 다른 덴 없어. 저 위에만 있어."

"아, 진짜 돌겠네."

청년은 비틀거리며 일어나 해안의 암벽을 올려다보았다.

'올라갈 수 있을까?'

체력이 왕성하면 모를까, 지금으로썬 도저히 무리였다.

그는 노인이라도 수틀리면 주먹질을 마다할 인간이 아니었다.

청년이 눈을 부릅뜨고 노인을 쏘아봤다.

"노털, 저 위에 어떤 먹을 게 있지?"

"물고기나 조개 같은 게 있을 걸세."

청년은 노인이 자신을 놀린다고 생각했다.

"이 우라질 노털아, 저 꼭대기에 어떻게 물고기나 조개가 있을 수 있어?"

"그거야 자네가 올라가 보면 알 게 아닌가?"

"날 짱구로 알아? 상식적으로 볼 때 말이 안 되잖아!"

"말이 안 되고 의심되면 안 가면 되잖나."

그렇다. 안 가면 그만이다. 그러나 문제는 먹을 게 없다는 것이다.

바짝 약이 오른 청년은 노인에게 주먹을 쥐어 보이며 협박했다.

"노털, 내가 묻는 말에 제대로 대답을 못 하면 이 주먹맛을 보게 될 거야."

청년이 그러거나 말거나 노인은 천하태평이었다.

"난 생선을 먹지 사람 주먹은 안 먹는다네. 난 먹을 게 없어도 주먹을 구워 먹을 궁리 같은 건 하지 않네."

약이 받친 청년이 핏대를 세우며 소릴 질렀다.

"장난치서? 노털 면상을 내 주먹으로 강타하겠다는 말이야!"

그래도 노인은 뭐가 그리 기분 좋은지 웃음을 흘릴 뿐이다.

"흘흘흘, 소형제 목소리가 좋구만, 노래 한 가락 뽑아보지 않겠나? 강호에서 주유천하하며 놀던 시절이 그립구만."

이 대목에서 만약 청년에게 기운이 좀 남아 있었다면 주먹을 몇 번은 날렸을 터이다.

"노털, 닥치고, 물고기가 어떻게 암벽 위에 있는지 설명해봐. 내가 납득할 수 있는 이유를 대지 못 하면 노털은 오늘이 제삿날인 줄 아쇼."

"……"

노인은 눈을 감고 잠시 뭔가를 생각했다.

"크크, 맞아 뒈지지 않을 이유를 잘 생각해 보쇼."

청년이 냉소를 흘리며 한 손으로 자신의 주먹을 쓰다듬었다.

"소형제, 내 이름은 도삼(道三)이라고 하네. 진도삼(陳道三)."

광비신수(光飛神首) 진도삼(陳道三)!

만약 강호인이 이 이름을 들었다면 기절초풍하며 즉시 포권의 예를 취하고 말투부터 공손히 다듬었을 것이다.

그의 이름 앞에는 언제나 검신, 검웅, 검귀 등등의 호칭이 붙었다.

신의 수급을 취할 만큼 빠르고 검(劍), 신(身), 진(陣), 삼법의 절대고수 도삼(道三)!

무림맹주인 남궁세가의 가주 남궁일경의 사형이기도 한 그는 역대 강호 서열로 따져도 열 손가락 안에 드는 어마어마한 고수였다.

그런데 20년 전 그는 홀연히 강호에서 사라졌다.

자취를 감춘 이유에 대해서는 이런저런 말이 있었다.

그의 깐깐함이 화를 불렀다고도 했고, 혹자는 세상에 환멸을 느껴 스스로 잠적했다고도 했다.

"난 노털 이름 같은 건 알고 싶지 않아!"

"그래도 절해고도에서 이렇게 만난 것도 귀한 인연인데 서로 이름 정도는 알아야 하지 않겠나?"

"노털이랑 내가 어떻게 형제가 되나? 난 그냥 진노털이라고 부를게."

"소형제 이름은 어찌 되나?"

"아, 씨바! 난 이름 같은 거 없어! 그냥 해적질하다 왔으니까 해적이라고 불러!"

"허허! 이름은 부르기 좋고 아름다워야지."

진도삼이란 노인은 그가 성질을 부려도 그저 사람 좋게 웃음으로 대했다.

"아, 웃지 마! 재수 없어!"

"자네 두상이 동글동글한 게 참 예쁘네. 자네 이름을 목탁으로 하세."

"비 맞은 중 염불 외는 소리 하고 자빠졌네."

그가 눈을 부라려도 노인은 여전히 웃는 낯이었다.

"목탁은 중생을 구제하는 좋은 이름일세."

"헛소리 마! 목탁이라고 부르면 아가릴 찢어버릴 테야!"

하룻강아지 범 무서운 줄 모르는 허세였지만 노인은 그를 나무라지 않았다.

무림 최강자라는 절대오존(絶代五尊)이라 할지라도 죽기를 각오하지 않는 이상 이런 결례를 범할 수는 없으리라.

그러나 진도삼은 그저 사람 좋은 얼굴로 흘흘 웃기만 했다.

사실 진도삼이 무림맹주 남궁일경의 사형이라고는 해도 그가 젊은 시절 잠시 남궁세가에 머문 인연으로 사형으로 불리는 것일 뿐, 그가 어디 출신인지, 또 무슨 무공을 사용하는지 속 시원하게 밝혀진 건 아무것도 없다.

실력이 출중한 신진고수가 갑자기 나타나는 건 무림에서 흔한 일이지만 단기간에 최강자의 반열에 오를 만큼 절대적인 위명을 날리는 건 결코 쉬운 일이 아니었다.

전설상에는 우연히 절세비급을 얻거나 기연으로 천하지보를 얻어 단숨에 천하제일고수 반열에 오르는 경우도 있지만 그건 어디까지나 전설이고 실제로 그런 경우는 없다고 보는 게 정설이었다.

청년이 비틀거리며 다가와 노인과 마주 섰다.

"물고기가 암벽 위에 있는 이유는? 내가 셋을 셀 동안 대답 못 하면 노털 오른뺨을 치고, 다시 셋을 셀 동안 대답 못 하면 왼뺨을 갈기고, 그다음엔 아구창을 날릴 거요."

"그게 사연을 말하자면 좀 긴데……."

"길거나 짧거나 뭐든 지껄여 보셔."

노인이 손을 들어 암벽 쪽을 가리켰다.

"저기 암벽 주위에 뭐가 보이나?"

청년의 눈에 갈매기들이 어지러이 날고 있는 모습이 들어왔다.

"갈매기 말고 뭐가 또 있소?"

"잘 봤네. 백구들이지. 저 백구들이 영물이여."

"뭔 귀신 씻나락 까먹는 소리야?"

"내가 섬에 처음 왔을 때, 여기가 어디쯤인지 가늠해 보려고 저 위를 올라갔네."

청년의 눈이 반짝였다.

"그래, 어디쯤이오?"

"몰라. 사방이 망망대해야."

"예미럴! 그래서?"

"망망대해를 바라보고 있는데 어디서 구슬픈 울음소리가 들리는 게야."

다시 청년의 눈이 반짝였다.

"사람이 있었단 말이오?"

"아니, 갈매기 울음소리였어."

"지미럴! 사설 빼고 본론만 말해!"

"자세히 보니까 새끼 갈매기 한 마리가 바위틈에 빠져 있고 어미 새가 그걸 보고 구슬프게 울고 있더라고."

"그래서?"

"내가 바위틈으로 손을 넣어 새끼를 꺼냈지. 그런데 새끼

다리가 부러졌는지 제대로 서지를 못 하더라고."

청년이 고개를 조금 갸웃하였다.

"그거 어디서 들어본……?"

"그래서 내가 측은해서 나뭇가지를 꺾어서 다리에 대고 옷깃을 찢어서 동여매 줬지."

"그게 물고기가 암벽 위에 있는 거랑 무슨 상관이야?"

"내가 새끼를 구해준 보답으로 어미 갈매기가 물고기를 물어다 주더라고."

"그, 그게 진짜야?"

"아니면 내가 이날 이때까지 어떻게 먹고살았겠나?

노인의 표정이 너무나도 태연해서 청년은 진짜라고 믿고 싶었다.

암벽은 가파르고 험하며 높았다.

높이가 얼추 50여 장 이상 되어 보였다.

청년은 사력을 다해서 가파른 암벽을 오르고 있었지만 며칠을 굶은 상태라 기력이 달려서 도무지 진전이 없었다.

"끄응, 헉헉! 아이고, 죽겠다."

'만약에 물고기가 없기만 해봐라. 내려가는 즉시 노털은 사형이다.'

청년은 이를 갈고 비지땀을 흘리며 암벽을 오르다 쉬고, 몇 걸음 올라가면 또 한참을 쉬다 오르기를 반복했다.

중간쯤 올랐을 땐 힘이 다 빠져 더 이상 오를 수도, 내려갈 기력도 없었다.

깊은 생각 없이 무작정 암벽에 달라붙은 게 엄청나게 후회되었다.

'젠장, 꼼짝없이 여기서 이대로 죽겠구나.'

하는 순간 고개를 들고 위를 보니 머리 위를 가로지른 넝쿨이 보였다.

자세히 보니 넝쿨은 사람의 손을 탄 흔적이 뚜렷했다.

아마도 노인이 절벽을 오르기 위해 넝쿨을 이어놓은 듯했다.

넝쿨을 잡고 오르니 한결 수월하게 오를 수 있었다.

'괘씸한 영감태기 같으니. 넝쿨이 있다고 알려줬으면 쉽게 오를걸.'

암벽 정상에 오르자 사방으로 시야가 탁 트여 있다.

한 바퀴 둘러보니 망망대해, 절해고도 그 자체였다.

휘이이이~

촤아아~ 철썩!

바람은 거칠고 파도는 높았다.

갈매기들이 암벽 주위를 날면서 이게 현실이란 걸 느끼게 해주었다.

끼룩, 끼이룩!

암벽 정상 중앙의 너럭바위에 놀랍게도 노인의 말대로 팔뚝만 한 물고기 두 마리가 놓여 있다.

물고기는 바다에서 갓 나온 듯 푸득거리며 몸부림을 쳤다.

푸득! 푸드득!

이해하기 힘든 일이었지만 눈으로 확인한 이상 이건 절대로 꿈이 아니었다.

청년은 반가움에 황급히 달려가 물고기를 두 손으로 잡고 살폈다.

싱싱한 생동감, 생명의 기운이 그대로 느껴졌다.

청년은 일단 버둥거리는 물고기를 바위에 내려쳐 기절시켰다.

그리고 날것을 그대로 씹어 먹기 시작했다.

우적우적.

위장이 요동을 치며 섭취한 물고기를 반겼다.

천하일미가 따로 없었다.

꺼윽!

물고기 두 마리를 게 눈 감추듯 먹어치우자 트림이 나왔다.

'가만, 노털 것까지 내가 먹은 건가? 노털도 이해하겠지.'

살짝 미안한 생각이 들었지만 이미 물고기는 뱃속으로 들어간 뒤였다.

배가 차오르자 정신이 맑아지고 뭔가 인생관이 달라진 기분이 들었다.

"자, 이제 이 섬에서 어떻게 살아갈지 궁리 좀 해볼까?"

암벽에서 내려오자 노인이 암벽 밑에서 환하게 웃으며 물었다.

"소형제, 물고기는 맛있게 먹었나?"

"노털 덕분에 오늘에야 백구가 영물이란 걸 알았소."

"흘흘, 영물 중에서도 영물이지."

"그런데 식사 때마다 저 위를 올라가야 한다는 게 좀 끔찍하네."

"흘흘, 운동 삼아 산보한다고 생각해야지."

"참, 노털이 넝쿨 이야기를 해줬으면 내가 개고생 안 했을 텐데 말이야."

청년은 살기 띤 눈으로 노인을 노려보며 험악한 표정을 지었다.

그러나 노인은 전혀 겁먹는 눈치가 아니었다.

"흘흘, 어른을 공경할 줄 모르면 고생해도 싸지. 안 그런가?"

역시 일부러 가르쳐 주지 않은 게 분명했다.

이 대목에서 청년은 기선 제압이라는 건달 본연의 기질이 발동되었다.

"이 고약한 노털아, 배고파서 다 죽어가는 사람한테 그게 할 짓이야?"

"소형제 행동은 생명을 보존할 양식을 일러준 어른에게 할 짓인가? 흘흘."

"아, 웃지 마! 왜 말끝마다 흘흘거려?"

"그런데 물고기 두 마리가 있었을 텐데… 다 먹었나?"

청년은 속으로 뜨끔했지만 태연한 척했다.

"어… 미안하지만 오늘은 날 도운 셈치고 노털은 하루 굶으쇼."

"아니, 내 말은 두 마리로 충분한가 물어보는 거야."

"충분하진 않지만 그럭저럭……."

"그럼 됐네. 이제 숙소로 가세."

노인이 앞서서 걷자 청년은 뒤를 따랐다.

암벽을 끼고 삼백 보가량 돌아가자 해안 동굴이 나타났다.

동굴 입구는 약간 비탈진 경사로 위에 있었다.

동굴 입구에 다다르자 해안 전경이 한눈에 들어와서 풍광이 제법 그럴싸했다.

"야아, 경치가 죽여주네. 노털, 명당에 자리 잡았네."

"한 20년 경치 구경하다 보면 진짜로 죽고 싶어질 게다."

노인의 말에는 깊은 슬픔이 배어 있었지만 청년은 별로 신경 쓰지 않았다.

동굴 안에는 세간 같은 건 없었지만 살림의 흔적이 곳곳에 드러나 보였다.

먼저 돌을 세워서 만든 화덕이 보이고, 그 위엔 편편한 돌이 놓여 있다. 화덕 옆에는 불쏘시개로 쓸 나뭇가지와 땔감이 허리 높이로 재여져 있었다.

침상 대신 마른 풀을 깔아서 만든 잠자리도 보였고 풀을 꼬아서 만든 빈 망태기 두 개가 벽에 걸려 있었다.

살림살이는 그게 다였다.

동굴은 안쪽으로 깊어 보였지만 청년은 별 관심을 보이지 않았다.

배부르고 잠자리까지 보이자 졸음이 몰려왔다.

"노털, 나 먼저 잔다."

청년이 벌렁 자리에 눕자 노인이 석 자가량 되는 나뭇가지를 들고 청년의 다리를 툭툭 쳤다.

"소형제, 거긴 내 자리야."

청년은 눈도 뜨지 않고 내뱉었다.

"나 피곤하니까 건들지 말고 바닥에서 자."

따다다닥!

노인의 손에 들린 나뭇가지가 청년의 머리통을 빠르게 두드렸다.

청년이 상체를 벌떡 일으키며 버럭 소릴 질렀다.

"노털! 미쳤어? 뒈지고 싶어?"

"흘흘, 내가 몸이 말라서 맨바닥은 등이 배겨."

"등 배기면 엎드려서 자!"

따다다닥!

다시 청년의 머리통에 타격이 가해졌다.

"아우~ 이 영감탱이가 기어코 뜨거운 맛을 보고 싶다 이거지?"

청년이 머리통을 감싸고 눈을 흘겼다.

"골통 타격을 해보니 머리가 텅 비었구먼."

"맛 좀 봐라, 노털아!"

청년이 느닷없이 손을 뻗어 노인의 손에 들린 나뭇가지를 뺏으려 했다.

그러나 노인의 동작이 조금 더 빨랐다.

타악!

노인이 나뭇가지로 내뻗은 청년의 손목을 내려쳤다.

"악!"

청년이 손목을 감싸 쥐고 이를 갈았다.

"편하게 자고 싶으면 어서 저쪽 구석으로 가."

"빠드득! 이 영감탱이가 죽으려고 환장했구먼."

청년이 이를 갈고 몸을 날려 노인을 덮쳤다.

그러나 청년은 허공을 껴안고 바닥으로 떨어졌다.

철퍼덕!

"어쭈, 젊은 날에 노털도 칡뿌리 씹고 침 좀 뱉어봤다 이거지? 사람 잘못 봤어. 내가 바로 동해 바다에서 악명 높은 푸른 해골 13호 해적단 출신이란 걸 아셨어야지."

청년은 자신이 방심해서 실수했다고 여기고 주먹을 다잡았다.

평소라면 노인에게 주먹을 날리는 걸 조금 찜찜해했겠지만 지금은 독이 오를 대로 오른 상태라 개의치 않았다.

청년은 노인과의 거리를 가늠하며 슬금슬금 거리를 좁혔다.

"일격 필살!"

청년이 벼락같이 외치며 오른발로 노인의 다리를 걷어찼다.

그러나 노인은 슬쩍 청년의 사정권에서 벗어나 나뭇가지로 청년의 머리통을 두드렸다.

그러자 신기하게도 목탁 두드리는 소리가 났다.

똑도도독!

타격과 동시에 노인이 반야심경을 읊기 시작했다.

"마하반야 바라밀다……."

바짝 약이 오른 청년의 눈에서 불꽃이 튀었다.

"그래, 오늘 뒈질 거니까 미리 염불을 외워둬라."

씩씩거리던 청년이 노인을 향해 몸을 날려 박치기를 시도했다.

건달 시절에 느닷없는 안면 박치기로 쏠쏠히 재미를 본 비장의 박치기였지만, 이번에도 노인은 바람처럼 빠져나가며 빠르게 손을 놀렸다.

"똑도도독똑똑!"

목탁 소리는 사실 노인의 입에서 나오는 소리였다.

"관자재보살~"

"죽여 버리겠어어어어!"

청년이 양팔을 벌려 노인을 잡으려 했지만 어림없는 일이었다.

빠바바바박!

이번엔 타격 음이 제법 컸다.

"조견오온개공 도일체고액……."

청년은 거의 이성을 잃은 모습이었다.

막무가내로 주먹을 휘둘러 댔지만 노인의 옷깃조차 스치지 못했다.

"으아아아아아!"

뚜다다다다닥!

"색불이공 공불이색!"

허우적거리며 얻어맞기만 하던 청년이 허리를 숙여 바닥에서 돌멩이를 집어 들었다.

"이거나 먹어라!"

휘익!

청년의 손을 떠난 돌멩이가 노인을 표적 삼아 날아갔지만, 돌멩이는 표적 대신 노인의 손에 잡히고 말았다.

노인의 손에 잡힌 돌멩이가 부스스 한 줌 가루가 되었다.

푸스스~

무공에 대한 기초 상식이 있는 자라면 노인이 최소한 이 갑자의 내공이 있어야 시전할 수 있는 삼매진화(三昧眞火)를 단련한 고수라는 걸 단숨에 알아보았을 터이다.

그러나 청년은 자신이 던진 돌이 그저 푸석돌인 걸로 알았다.

다른 돌을 찾아 두리번거리는 청년의 머리통에 또 불벼락이 내렸다.

빠바바박!

"아우우~ 진짜 돌겠네."

"아제 아제 바라아제."

따다다다닥!

"아악! 이 노털, 잡히기만 하면 뼈를 분질러 버린다!"

"바라승아제 모지사바하."

결국 청년은 반야심경이 다 끝날 때까지 대책 없이 맞고 또 맞았다.

청년은 너무 분해서 자빠진 채로 눈물을 줄줄 흘렸다.

"아, 씨바! 딱 한 대만 맞아주지."

그렇게 맞고도 노인이 고수라는 생각은 하지 못했다.

그저 자신이 너무 지쳐서 노인한테도 얻어맞는 게 분할 따름이었다.

그런데 너무 아프다. 마치 몸살이 난 것 같다.

온몸이 덜덜 떨리기도 하고 뜨거운 기운에 땀이 뻘뻘 나기도 했다.

기력만 회복되면 노인이고 뭐고 인정사정없이 복수의 발차기를 날리리라!

'두고 봐라, 노털. 이자까지 쳐서 열 배로 갚아준다.'

장엄한 노을이 하늘과 바다, 고도를 붉게 물들이는 시각. 청년은 끙끙 앓으며 분을 삭였고, 노인은 콧노래로 강호영웅가를 흥얼거렸다.

강호에는 영웅도 많고 호걸도 많아
강호삼락 누리는 영웅 그 누구일까
청출어람 제자 인연이 큰 기쁨일세

절해고도의 밤하늘은 온통 별천지였다.

노인은 손가락을 뻗어 밤하늘의 별을 헤아렸다.

—동사 청룡, 각, 항, 저, 방, 심, 미, 기.

—북사 현무, 두, 우, 녀, 허, 위, 실, 벽.

—서사 백호, 규, 루, 위, 묘, 필, 자, 삼.

—남사 주작, 정, 귀, 류, 성, 장, 익, 진.

"좋구나. 28숙이 백도를 따라서 잘 돌아가고 자미원이 길을 안내하니 내가 돌아갈 날이 가까웠구나. 가기 전에 전인(傳人)까지 보내주시니… 천권(天權)이여, 고맙소."

*　　*　　*

밤새도록 끙끙 앓던 청년은 새벽녘에야 잠이 들었다.

한참 단잠을 자는데 노인이 청년을 깨웠다.

"목탁아, 아침 산보 좀 하자꾸나."

'아, 씨~ 하고 싶으면 노털이나…….'

라고 말하고 싶은데 입이 열리지를 않아 소리가 되어 나오진 않았다.

따악!

마음속 말이 끝나기도 전에 목 뒤에 타격이 가해졌다.

"아, 씨~ 하지 마! 오늘은 진짜 봐주는 거 없어!"

청년의 입이 열렸고, 모로 돌아누우며 짜증을 냈다.

"소형제, 일찍 일어나는 새가 벌레를 잡는 법이라네."

"난 새가 아니야. 벌레는 노털이나 잡으……."

따닥!

말이 끝나기도 전에 머리통에 연타가 떨어졌다.

청년은 노인과 고도 일주 산책을 하면서 연신 투덜거렸다.

"아, 씨바, 노털은 아침잠이 없겠지만 난 올빼미 체질이라 점심때까진 자야 한다구."

"소형제, 어제 불경을 외고 나니 머리가 한결 맑아졌지?"

"맑아지긴 개뿔, 졸려 죽갔구만."

"흘흘, 소형제가 졸린 건 임맥 타통하고 천관이 열린 뒤에 오는 명현 현상일세."

"뭔 개소리야? 내가 졸린 건 노털한테 얻어맞고 밤새 앓느라 잠을 못 잔 탓이지."

"임맥이 타통되어 백회혈로 기의 고리가 모아져 삼화취정, 오조기원으로 기가 통하면 몸이 좀 고통스러운 법이라네."

청년은 팔다리를 움직이며 몸 상태를 점검했다.

여차하면 노인에게 한 방 먹일 궁리를 하는 것이다.

"그런 상태에서 소리를 지르면 주화입마에 빠진다네. 맨 정신이라면 이를 악물고 버틴다지만 소형제는 그럴 위인이 못 되는지라 내가 아혈을 짚어 놨네."

"아하, 그러셔? 노털이 날 아주 호갱으로 아시네."

청년은 자신이 아는 나름의 무공 상식을 늘어놓았다.

"내가 이래 봬도 해적질하면서 무공 기초 상식은 뗀 사람이야. 아혈이 짚이면 말을 못 한다는 것 정도는 나도 안다구."

"잘 아는구먼. 소형제가 처음에 말을 못 하다가 노부가 목 뒤를 쳐 주니까 말하게 된 거 기억나나?"

"……."

기억을 더듬어보니 그런 것도 같았다. 할 말을 잃은 청년은 침만 꿀꺽 삼켰다.

第二章
인자무적(仁者無敵)

진도삼은 눈을 감기 얼마 전 이런 넋두리를 늘어놓았다.

"이제 눈을 감으려니 눈에 밟히는 사람이 많구나. 무림맹 인물들은 나와 의견이 달라서 바른 소리 하는 나를 껄끄러워 했지. 그땐 내가 너무 까칠하게 굴었어. 지금 생각하니 다 별거 아닌데 내가 너그럽지 못했어. 목탁아, 인자무적이다. 명심해라."

그는 노인이 죽을 때가 되니 헛소릴 한다고만 생각했다.

'그동안 혼자서 심심하니까 대하소설을 쓰셨구먼.'

청년은 노인이 무슨 무림 어쩌고 하는 게 그냥 가당찮은 이야기로만 여겼다.

어차피 할 일이 없는 무인도에서 노인의 하릴없는 넋두리를 들으면서 시간을 보내는 것도 심심풀이로는 나쁘지 않았다.

*　　　*　　　*

노인이 처음 섬 안내를 해주겠다고 했을 때, 청년은 노인과 느릿하게 섬을 한 바퀴 돌면서 뭔가 새로운 희망을 발견하고 싶었다.

그러나 걸을수록 맥이 빠졌다.

터벅터벅.

청년은 노인과 나란히 섬을 한 바퀴 돌면서 완전히 절망했다. 살아서는 도저히 이 섬을 벗어날 수 없을 것 같은 공포가 밀려왔다.

망망대해의 고도에서 이대로 나이 들고 죽는다고 생각하니 억장이 무너졌다.

'하아, 내 인생이 고작 이런 무인도에서 끝나게 될 줄이야.'

그런 청년의 기분을 아는지 모르는지 노인이 또 터무니없고 허무맹랑한 말을 늘어놓기 시작했다.

"한여름이니 지금쯤 황궁은 텅 비었겠구나. 여름 별장으로 피서 갔을 게야. 당연히 금위대장도 따라갔을 테고, 일경이 첫째는 부마가 되어 북방으로 갔으니까 둘째가 금위대장일 테지."

다른 때라면 그냥 듣고 넘어갔겠지만 오늘은 완전히 기분이 바닥이다.

청년은 노인의 뜬구름 같은 허황된 얘기는 더 이상 듣고 싶지 않았다.

"노털, 미쳐도 정도껏 미치슈! 황궁 구경을 해본 적이 있기나 하슈?"

"중팔이가 와달라고 사정을 하긴 했지만 내가 안 갔어."

"중팔이가 누군데? 황궁 문지기쯤 되나?"

"이런 무식한 놈, 대명 황제 주원장 본명이 주중팔인 것도 모르냐?"

"헐!"

"그래, 나도 헐이다. 중팔이가 황제가 될 줄 누가 알았겠냐?"

청년은 자신이 제정신이 아닌 노인을 상대하고 있다는 걸 확신했다.

계속 상대하다가는 자신도 결국 저렇게 맛이 갈 것 같은 생각이 들었다.

"그만 합시다. 혼자서 무인도 생활을 하다 보니 정신이 오락가락하는 모양인데, 정신줄 잘 챙기쇼."

"소형제가 안 믿는 모양인데, 중팔이 개가 황각사에 있을 때 나랑 같이 빗자루 들고 마당 쓸고 물 긷던 애야."

"아, 예, 그러셨어요?"

청년은 노인과 말을 주고받느니 그저 장단이나 맞추는 게 낫다고 생각했다.

별 소득도 없는 일에 핏대 올리고 따지면 뭘 하겠는가?

한편으론 그런 노인이 이해가 되기도 했다.

절해고도에서 이십 년이나 혼자 보내면서 미치지 않는다면 그게 오히려 더 이상한 일이다.

'얼마나 오랜 시간 외로움에 시달렸을까? 얼마나 세상이 그리웠으면 온갖 허구와 상상의 이야기들을 꾸며냈을까?'

자신도 한때 해적들에게 포로가 되어 보름 넘게 동굴에 갇힌 적이 있었다.

그때의 공포와 좌절, 고독에 몸부림치던 기억이 떠올랐다.

기억이 가물가물한 아버지와 입만 열면 욕을 폭포수처럼 쏟아내던 욕쟁이 엄마와 첫사랑이던 시전 포목점의 명월이, 곤죽이 되도록 술 퍼마시고 우정을 나누던 뒷골목 친구들과의 추억은 물론 죽어도 잊을 수 없는 선녀 곽청… 그녀만 생각하면 가슴이 먹먹해졌다.

'아~ 내가 밀무역 안 하고 그냥 청도에 있었으면 어떻게 됐을까?'

어찌 보면 이 모든 일의 시작은 그녀 때문이라고 할 수 있었다.

청년은 곽청이란 소저에게 근사한 모습으로 보이고 싶었다.

청년이 생각한 근사한 모습은 누구나 부러워할 만한 부를 이루는 것이었다.

그녀가 부를 원한 것은 아니지만, 그녀는 청도 갑부의 딸이고 자신은 가난한 건달이라는 점이 문제였다.

청년은 부자의 딸인 그녀와 동등해지기 위해서 자신도 부를 이뤄야겠다고 생각한 것이다. 부를 이루면 그녀 앞에 당당한 모습으로 나타날 생각이었다.

부를 이루기 위해서 밀무역 끝자락에 붙었다가 해적을 만나 개고생을 하다가 팔자에 없는 해적질까지 하게 됐다.

그렇다고 해서 그녀를 원망하거나 탓할 생각은 눈곱만큼도 없었다.

그녀는 자신이 무슨 생각을 하고 떠났는지조차 모르리라.

'선녀에게 내 마음을 담은 글이나 하나 보내고 올걸. 그녀는 내 마음을 알까?'

후회되는 건 그녀에게 서찰 하나 남기지 않고 떠나왔다는 점이다.

'선녀도 가끔은 내 생각을 해줄까? 아니야. 나 같은 놈은 벌써 잊어버렸을 거야. 어쩌면 지금쯤 혼례를 올렸을지도…….'

청년은 그녀가 있기에 고독과 공포를 견딜 수 있었다.

어떤 비참한 경우라도 그녀를 떠올리면 행복한 미소를 지을 수 있었다.

그녀와 있던 한순간 한순간을 떠올리면 곧바로 아름다운 지상낙원이 펼쳐지기 때문이다.

절해고도에서는 세상에서 있던 일 모두가 그리움의 대상이었다.

'사람이 고독에 사무치다 보면 살짝 맛이 갈 수도 있는 법이지. 그동안 혼자 지낸 노털이 가엽네. 얼마나 외로우면 그랬을까?'

그렇게 생각하니 어쩐지 짠한 생각에 콧등이 시큰거리기도 했다.

"세상살이는 말이야, 마음만 좀 비우면 돼."

"그렇죠. 마음을 비워야죠."

노인의 말에 청년은 고개를 끄덕여 줬다.

"다들 욕심에 눈이 멀어서 힘들게 사는 게야."

청년은 노인의 말이 턱도 없다는 생각이 들었다.

"노털, 이 무인도에서 세상살이가 뭔 상관이야? 여기서 욕심 부릴 게 뭐 있냐구?"

청년의 말에 노인은 긴 한숨을 내쉬었다.

"하아~ 세상 구경 한번 해보려는 게 욕심이지 뭐겠나?"

청년도 세상이 그리웠다.

하지만 자신은 지명수배를 받고 있는 몸이다.

선불리 세상 구경하려는 순간, 인생 종치는 수가 있었다.

개똥밭에 굴러도 이승이 좋고 외롭긴 해도 감옥보다는 이곳이 낫다.

"노털이 살아온 얘기나 좀 해보슈."

"칼질하고 산 게 뭔 자랑이라고 떠들겠나."

"크크크, 칼질? 푸줏간을 하셨나?"

"그려, 난 인간 백정이었지. 너무도 많은 피를 흘렸어. 지금 그 죗값을 받는 거지."

"캬아~ 말하는 폼은 진짜 일세를 풍미한 영웅호걸 이십니다그랴."

노인의 회한에 잠긴 눈빛이 진지해 보였지만 도저히 믿을 수는 없었다.

"절세고수께서 어쩌다 이런 절해고도에 갇히셨나요?"

"더 이상 피를 흘리지 않기로 결심했기 때문이지. 인간은 하늘이 준 생명을 끊으면 안 되는 거야."

"지랄! 그럼 여기 와서 물고기도 잡아먹지 말고 굶어 뒈져야 옳지!"

노인은 청년의 말에 크게 고개를 끄덕였다.

"그려, 나도 채식을 하고 싶은데 섬에는 채소가 부족하니 어쩌겠나."

"하이고, 하여간 구라는 막힘이 없구만."

"……."

청년이 비아냥거려도 노인은 한동안 입을 다물고 침묵을 지켰다.

"목탁아, 내가 눈을 감으면……."

"아, 씨바, 목탁이라고 부르지 말랬지! 한 번만 더 부르면 옥수수 털어버린다?"

"자네가 나를 노털이라고 부르니 나도 내 맘대로 목탁이라고 부르겠네."

'어이구, 진짜 주먹이 운다, 울어!"

청년은 진짜로 노인을 치고 싶은지 움켜쥔 주먹으로 자신의 가슴을 쳤다.

"내가 평생 수련한 무공을 이대로 안고 저승길 가려고 했는데 자네를 만난 걸 보면 이것도 하늘의 안배가 아닌가 싶네."

"어이구, 노털께서 무공비급이라도 남겨주시게요? 감사, 감사!"

청년이 포권을 하고 감사를 연발하자 진도삼은 고개를 저었다.

"그럼 또 뭔 구라를 치려고?"

"글쎄, 비급은 준다고 해도 자질이 있어야 연마가 가능한 것일세. 행여 비급이 엉뚱한 자의 손에 들어가면 혈겁을 일으키는 대흉의 원인이 될 수도 있다는 걸 생각하니 비급을 남기는 게 조심스러워지더군."

"크크크, 그냥 간단하게 없다고 하면 될 걸, 역시 구라가 삼천 장이라니까."

청년은 그럴 줄 알았다는 듯이 한껏 비웃고 침을 찍 내갈겼다.

"본디 무예라는 것은 공격보다 방어를, 살인보다는 심신 수련을 위해서 창안된 것들일세."

"잘 알았수다. 노털! 난 졸려서 저기 나무 그늘에 가서 한숨 자야겠으니 혼자 허공에 대고 지껄이슈."

그가 노인을 뒤로하고 휘적휘적 걸어가자 어느 틈에 노인이 다가와 나뭇가지로 청년의 머리통을 갈겼다.

따악!

"아욱!"

청년이 비명을 지르며 두 손으로 머리통을 감싸고 소리쳤다.

"노털, 오늘은 봐주는 거 없어! 진짜 죽여 버릴 거야!"

청년은 곧바로 노인을 향해 이단옆차기를 날렸다.

어젯밤에 사정없이 매 맞은 것에 대한 분노가 담긴 복수의 발차기였다.

그러나 청년의 발차기는 허공을 갈랐을 뿐이다.

"하, 피했어? 곱게 맞으면 한 방에 끝날 텐데 이젠 뒈지게 맞고 백 대는 더 맞을 걸 각오하셔."

노인이 빠른 게 아니라 아직 자신의 피로가 덜 풀린 탓이리라. 청년은 손아귀에 힘을 주며 두 손으로 노인의 멱살을 잡을 계획을 세웠다.

노인의 눈치를 살피던 청년이 땅을 박차고 몸을 날렸다.

타앗!

"노털, 끝났어!"

그러나 노인의 신형이 슬쩍 비켜났고, 청년은 또 허탕을 쳤다.

"흐흥, 이제 보니 노털이 제법 피하는 재주가 있다 이거지. 좋아, 얼마나 잘 피하는지 보자구."

청년은 손을 갈퀴처럼 만들고 최대한 빠른 동작으로 노인을 움켜잡으려 했다.

하지만 노인을 어떻게든 잡아보려는 청년의 수고는 모두 무위로 돌아가고 노인의 흉건한 매타작이 시작되었다.

짜악!

노인의 손이 벼락처럼 청년의 따귀를 갈겼다.

얼마나 아픈지 청년은 혼이 나갈 지경이었다.

"예로부터 귀한 자식은 매로 키우는 법이라고 했네. 흘흘."

쩔거덕!

이번에는 청년의 반대편 뺨에 묵직한 따귀를 갈겼다.

청년은 자신이 맞고 있다는 사실이 믿기지 않았다.

또한 노인이 왜 자신의 손에 잡히지 않는지 도무지 알 수가 없었다.

분명히 노인의 손이 자신을 향해 날아오는 걸 보고 피하려고 맘을 먹었는데 이상하게도 피하기 일보 직전에 뺨에서 불이 번쩍 일어났다.

짜악! 따악! 쩌억!

때리는 속도와 힘에 따라 다양한 따귀 소리가 고도의 해안에 울려 퍼졌다.

어느덧 청년의 뺨은 새빨갛게 물들고 퉁퉁 부풀어 올랐다.

도무지 노인의 매를 피할 수도 없고 노인을 잡을 수도 없었다.

'아, 이거 진짜 미치겠네.'

청년은 노인이 때리는 대로 맞는 자신을 이해할 수 없었다.

'내가 왜 계속 맞을까?'

생각하는 동안에도 노인의 손은 계속 날아왔다.

"흘흘, 아프면 피해야지 왜 계속 맞는 게야?"

노인은 때리는 게 즐거운지 흘흘거리며 피하라고 했다.

청년은 일단 매를 피해야겠다고 생각하며 상체를 조금 숙이고 두 손으로 뺨을 감싼 채 방어 자세를 취했다.

그러자 노인의 발길질이 명치로 날아들었다.

퍽!

"컥! 우웨액!"

명치를 맞은 청년은 속에서 쓴물이 올라와 왈칵 토했다.

"흘흘, 잘 맞아주니까 때리는 재미가 쏠쏠하구나."

비틀거리는 청년의 허벅지에 노인의 발길질이 꽂혔다.

타악!

"아악!"

청년은 정말 악 소리 나게 아팠다.

노인의 발길질은 정강이, 허벅지, 옆구리, 등짝, 어깨 등 전신 구석구석을 빠르고 정확하게 타격해 댔다.

빠악!

"으윽!"

퍼억!

"억!"

따다닥!

"우우욱!"

맞을 때마다 눈앞에 별이 반짝거리더니 하늘이 노래지기 시작했다.

퍽!

"헉!"

다양한 타격 음처럼 신음 소리도 다양했다.

얼마나 정신없이 맞았는지 청년은 화나는 것도 잊어버릴 지경이었다.

'아, 씨~ 이 노털이 진짜 왕년에 한가락 한 모양이네.'

청년은 희미하게나마 노인이 자기의 상대가 아니라는 걸 느꼈다.

"아, 씨바, 그만 좀 때려!"

"흘흘, 모두 몇 대 맞았는지 알고 있느냐?"

뿌드득!

청년은 이를 갈았다.

"노털, 내가 지금은 맞지만 기력만 회복되면 당신은 죽은 목숨이야."

"자넨 삼백예순다섯 대를 맞아야 하는데 이제 세 대남 았네. 흘흘."

"씨바, 한 대만 더 때리면 노털 잠잘 때 복수할 거야."

청년은 눈을 허옇게 뒤집고 노인을 노려보며 협박성 발언을 뱉었다.

빠바박!

노인은 청년의 머리통에 꿀밤 석 대를 추가로 갈기고 타격을 멈췄다.

"흘흘, 맞느라고 수고했네. 어제 삼백예순다섯 맥을 쳐서 통하게 했고 오늘은 삼백예순다섯 혈을 짚어서 정기를 발하게 했으니 이제 기초공사를 끝낸 걸세."

청년은 분한 마음에 복수를 다짐하고 그 각오를 다졌다.

'그래, 칠백 대 넘게 맞았으니 칠천 대는 복수한다.'

"목탁, 오늘은 푹 쉬게. 내일은 전신에 삼천육백오십 침을 놓아줌세. 흘흘."

노인의 말에 청년은 일순 소름이 쭉 돋았다.

그가 뭐라고 말하려는 순간 수마가 몰려와 그대로 잠이 들었다.

* * *

얼마나 잤을까?

청년이 눈을 떠보니 동굴 안이었다.

"흘흘, 목탁아, 잠이 깼느냐?"

청년은 어쩐지 느낌이 이상해서 눈알을 굴려보니 자신의 몸은 발가벗겨져 있고, 전신에 미세한 침이 박혀 있다. 몸을 움직이려 했으나 움직여지지가 않았다.

"움직이면 곤란해서 내가 점혈을 해뒀으니 조금만 기다리거라."

"이, 이거 뭐야?"

"흘흘, 벌침이다. 내가 이런 날이 올 줄 알고 벌통 몇 개 놓아두었더니 요긴하게 쓰는구나. 효과는 보나마나 대박일 게다."

"왜 노털 멋대로 남의 몸에 장난질이야? 당장 침 빼!"

청년이 성질을 부려도 노인은 전혀 개의치 않고 기분 좋은 얼굴로 웃기만 했다.

"흘흘, 노부가 시간이 없어서 네놈을 제자로 삼기는 한다만… 심성이 지랄 맞아서 걱정이구나."

"지랄! 누구 맘대로 제자를 삼아! 난 노털 제자 될 생각 꿈에도 없어!"

청년은 기가 막혔다. 이틀 연속으로 처맞은 것도 억울한데 제자라니, 아무래도 노인이 자기를 폭력으로 다스린 다음 부려먹을 속셈인 게 분명했다.

"노털, 수작부리지 마슈. 내가 죽었다 깨어나도 남의 말 듣고 사는 놈이 아니야. 무슨 말이냐 하면, 난 닭대가리 체질이지 소꼬리 체질이 아니라고. 그러니 날 부려먹을 생각일랑 꿈에도 말라구!"

청년이 자신의 성질과 체질까지 거론하며 눈알을 부라리자 노인이 한숨을 내쉬었다.

"에휴, 아쉽구나. 내가 시간만 넉넉하다면 인성 교육 확실하게 해서 인간 개조를 할 텐데 시간이 너무 없어. 부실공사하면 사고 나는데… 아, 이거 참…….”

“이봐, 노털, 좋은 말로 할 때 침 빼지. 나 진짜로 노털 잠잘 때 돌로 칠지도 몰라. 난 한번 한다면 하는 놈이야.”

청년은 문득 노인의 눈빛이 날카로워진 느낌이 들었다.

노인이 혼잣말을 중얼거렸다.

“이놈을 한 사흘 죽도록 패볼까? 천하의 개망나니가 사흘 처맞고 개과천선한 경우가 있다고 들은 적이 있는 것도 같고…….”

노인이 주위를 두리번거리는 게 아무래도 자기를 두드려 팰 몽둥이를 찾는 것 같았다.

청년은 가슴이 철렁했다.

‘아, 씨~ 입이 방정이지. 또 맞게 생겼네.’

몸을 움직일 수 없는 지금 때리면 피하지도 막지도 못한다.

노인이 치는 대로 고스란히 다 맞을 게 뻔했다.

청년은 속으로 분루를 삼켰다.

“사, 사람이 마, 말로 해야지, 무, 무식하게 포, 폭력은 행사하면 안 되지.”

매는 먼저 맞는 게 좋다지만 지금까지 얻어터진 걸로 충분했다.

청년은 일단 매는 피하는 게 상수인지라 말을 더듬으며 어떻게든 노인의 무력행사를 제지하려 애썼다.

다행히 노인의 얼굴에 더없이 자애로운 미소가 환하게 번졌다.

"흘흘, 그렇지. 폭력은 곤란하지. 안 그런가, 소형제?"

"다, 당연하지. 폭력은 막돼먹은 건달들이나 쓰는 거지."

"공손하지 못한 말투도 언어폭력이라고 생각하는데 자네 생각은 어떤가?"

청년은 잠시 머리를 굴렸다.

'아, 까칠하게 조목조목 따지고 들긴, 건수 잡았다 이거지.'

노인에게 말을 높이고 싶은 생각은 꿈에도 없었지만 청년은 자기도 모르게 생존 본능이 작용하여 원치 않는 말이 입에서 흘러나왔다.

"오, 오는 말이 고우면 가는 말도 곱겠죠."

"자네는 주로 노털, 씨파, 지랄 이런 말들을 쓰던데……."

노인이 눈을 째리며 청년을 흘겨봤다.

"그, 그건 이, 이런 무인도에 오게 된 게 너무나 기막히고 억울하다 보니 나, 나도 모르게 신세 한탄을 좀 거칠게 한 거니까 노, 노부께서 널리 이해를 좀 하시고……."

청년이 말을 더듬으며 황급하게 변명을 꾸려대자 노인이 고개를 끄덕였다.

"그려, 그 심정 나도 알지. 에… 또… 그리고… 난 아낌없이 주는 나무가 되고 싶은데 자네는 제자가 되고 싶은 마음은 없다고 했던가?"

"그, 그건 뭘 배운다고 해도 이 섬에서 딱히 써먹을 일도 없을 것 같고……."

노인이 청년의 심정을 이해한다는 듯이 고개를 크게 끄덕거렸다.

"그러네. 자넨 여기서 뼈를 묻고 죽을지도 모르지."

청년은 자신이 생각해도 참 대답을 잘했다고 생각했다.

"하긴, 이 섬에서 뭘 배우든 써먹을 일은 없겠지. 맞아, 제자 만드는 건 쓸데없는 헛짓거리야."

"헤헤, 나중에 할 일 없는 놈 몇 명 표류해 오면 그때나 제자를 만드심이……."

"그래, 쓸데없이 헛수고할 일은 없지."

"하하! 자알 생각하셨습니다."

"……."

우울한 얼굴로 잠시 침묵을 지키던 노인이 자리를 털고 일어났다.

당황한 청년이 황급히 몸을 일으키려 했으나 손가락 하나 움직일 수 없었다.

"어, 어디 가세요?"

"제자 하나 만들어볼까 했는데 날 샜으니 모래찜질이나 하러 가야겠네."

"내, 내 몸은 풀어주고 가셔야죠."

노인은 청년을 물끄러미 내려다보며 혼잣말처럼 중얼거렸다.

"어차피 사람 구실도 못할 바엔 그대로 가는 게 낫지, 뭐."

청년은 꼼짝 못하는 상태에서도 등에 식은땀이 흘렀다.

노인의 무심한 표정을 볼 때 자신을 이대로 죽게 놔둘 것 같은 생각이 들었다.

"이, 이봐요, 남의 몸 갖고 놀았으면 원상 복구는 해주는 게 도리죠."

"그거야 노는 사람 맘이지. 난 지금 기분이 별로야."

노인은 퉁명스럽게 한마디 내뱉고는 동굴 밖으로 휘적휘적 걸어나갔다.

청년은 다급하게 멀어지는 노인을 불러 세우려 했다.

"이, 이봐요, 어르신! 노인 어른! 대인!"

그러나 노인의 발자국 소리는 점점 멀어지고 되돌아올 기미가 느껴지지 않았다.

그래도 청년은 설마 하는 생각으로 처음엔 별다른 위기감을 느끼지 않았다.

'설마 이대로 놔두기야 하겠어.'

어림짐작으로 두 시진 정도가 지나자 슬슬 두려운 마음이 들기 시작했다.

세 시진이 지나자 이 상태 이대로 움직이지 못하면 진짜로 죽는다는 공포감이 몰아치며 욕이 터져 나오기 시작했다.

"야, 개XX야! 이 미친 XX야! 이 우리질 노털아! 점혈인지 나발인지 빨리 와서 풀어, 이 씨방아! 나잇살이나 처먹었으면 사람 목숨 귀한 줄 알아야지 어디서 개수작이야! 내가 이대로 죽으면 곱게 죽을 것 같으냐? 죽어서 원귀가 되어 꿈에 나타나 가위 눌러 죽여 버릴 거야! 악악!"

청년은 자신이 알고 있는 세상의 모든 욕을 빠르고 거칠게 끊임없이 뱉어냈다. 욕은 개XX부터 시작해서 미친 XX, 쌍X까지 다양한 리듬으로 무한 반복됐다.

그러나 아무 반응이 없자 스멀스멀 공포가 밀려오기 시작했다.

한 시진 가까이 욕을 해댄 청년의 눈에서 이내 눈물이 흘러내렸다.

시간이 지날수록 욕의 강도와 소리의 크기가 줄어들었다.

"아흐~ 씨바, 복도 지지리도 없지. 풍랑 만나서 구사일생했다 싶었는데 이렇게 돌처럼 굳어서 뒈질 줄 누가 알았나. 어흐흐흐응! 먹고살기 힘들어서 배 한번 탔더니 황천길 가는 배인 줄 내가 왜 몰랐을까? 아우, 으으흐으흐!"

한번 눈물이 터지자 줄줄이 청년의 신세 한탄이 이어졌다.

"아, 씨파, 사나이 대장부로 태어나서 혼례 한번 못 올리고, 새끼도 하나 못 두고, 아비 얼굴 모르고 살았는데 새끼 얼굴도 못 보고 가는구나. 으아아아아아아아! 인생이 왜 이리 개떡 같고 지랄 맞냐? 모조리 불 싸지르고 싶은데 불도 못 지르고 오~! 어흐으!"

청년은 욕하다가 울고, 신세를 한탄하다가 흐느끼고를 반복했다.

"이놈아, 뒈지기 전엔 그동안 못된 짓한 걸 반성하고 뉘우쳐야지, 신세 한탄만 하면 극락왕생 못 하는 법이야."

청년은 은근히 노인이 돌아와 주길 내심 기대하긴 했다.

한데 막상 노인의 목소리가 들리자 가슴 벅찬 반가움에 목소리가 떨려 나왔다.

"부, 불초 제자 이삼사(李三四)가 사, 사부님을 뵈옵니다."

"흘흘, 노부가 이제야 네놈 이름을 듣는구나. 그렇지만 종쳤다. 개수작 말어."

"사부님, 몸만 풀어주시면 목숨 다 바쳐 모시겠습니다."

노인은 이삼사의 각오를 전혀 신용하지 않는 눈치였다.

"에휴, 이 잔대가리. 이런 걸 제자로 만들려는 나도 참 안타깝다."

"사부님의 선택이 탁월한 선택이었다는 걸 제가 반드시, 기필코, 확실하게 증명해 보이겠습니다."

이삼사는 눈동자에 힘을 팍 주고 목소리를 깔았다.

"자고로 비인부전(非人不傳)이라 했다. 인간 됨됨이가 글러 처먹은 놈은 제자로 거두지 말라는 얘기지. 제자는 재능이 뛰어난 것보다 바른 심성이 우선이거늘……."

"사부님, 거둬만 주신다면 선행을 평생의 업으로 삼고 살아가겠습니다."

이삼사가 재차 각오를 밝혀도 노인은 쉽사리 제자로 승낙하지 않았다.

"네놈이 지금은 아쉬우니까 몸을 풀어보려고 입에 발린 말을 하지만, 나중에는 딴소리할 게 뻔해."

"아, 아닙니다. 저 그런 놈 아닙니다. 의리는 지킬 줄 아는 놈입니다."

"됐다. 고양이 잘 키운다고 호랑이 되는 것도 아니고, 호박에 줄 긋는다고 수박 되겠냐? 내가 기대를 접는 게 낫지."

노인의 품새에서 아무래도 나가리 냄새가 나자 이삼사는 다급해졌다.

"아, 씨바! 한번 제자 삼아보기나 하고 다시 팽개치든 말든 해야지, 아닌 말로 소 뒷발로 쥐 잡는 경우도 있는 거 아니오?"

"흘흘, 이젠 이판사판이다 이거냐?"

노인이 선한 미소를 지으며 나직하게 말했다.

"잘 들어라. 내가 관상을 보아하니 네놈은 타고난 성정이 천한 데다 밴댕이 소갈딱지라 너그러운 덕도 없어."

이삼사는 애원이 통하지 않자 버럭 성을 냈지만 나름 잔머리는 있었다.

눈치 하나로 바닥 인생을 살아온 그는 때로는 무릎을 팍 꿇는 게 상수라는 걸 알았다.

"사부님, 제자가 태생이 천하고 배운 게 없어 되는대로 막살았지만 인간의 도리를 일러주시면 가슴 깊이 새기고 살아가겠습니다."

"말은 그럴듯하다만 넌 욱하는 성질이 있어서 툭하면 들이받고, 일을 벌이면 끝맺음이 없고, 뒤끝은 또 장난 아니지."

이삼사는 가슴이 뜨끔했다.

노인의 말은 사실이었다.

그는 당하면 반드시 두 배로 갚았다.

힘이 없으면 밤길에 뒤통수치는 걸 당연히 여겼다.

뒷골목 건달로서 꿀리지 않고 살아가려면 사람들에게 만만하게 보여선 곤란했기 때문이다.

개고기 이삼사!

청도에서 그를 아는 사람들은 다 그렇게 불렀다.

그렇다고 무리지어 패거리로 악당 짓을 하지는 않았다.

건달들과 어울리긴 해도 주먹질보다는 노름 기술 개발에 심혈을 기울였다.

누구를 모시는 성격이 아니라 선배나 동료보다 후배 몇 거느리고 나름대로 자신의 위치를 차지하고 외로운 늑대처럼 홀로 지냈다.

자신의 약점을 드러내기 싫은 이유도 있었지만 일가친척 하나 없이 혼자 자라온 처지라 태생적으로 친구들과는 잘 어울리지를 못했다.

"주부에게 칼을 주면 요리를 만들지만 강도에게 주면 사고 날 게 뻔하지."

"사부님, 맹세코 절대로 남을 해치지 않겠습니다."

"맹세 많이 하는 놈치고 지키는 놈 못 봤다."

노인은 이삼사에게 면박을 주고 생각에 잠긴 표정으로 한참 동안 동굴 안을 어슬렁거렸다.

한참을 어슬렁거리던 노인이 문득 걸음을 멈추고 이삼사를 내려다봤다.

"결정했다! 내가 너의 심심혈을 만질 것이다."

이삼사는 그 말이 무슨 뜻인지 몰라 눈알만 굴렸다.

"타고난 그릇이 작으니 억지로 키울 수도 없고, 해서 심심혈을 매만져 언제 어느 때라도 측은지심이 먼저 발동되도록 해놓겠다는 말이다. 넌 상승 무예를 배울 자질도 안 되고, 설사 된다 한들 시간이 없어서 무공을 전할 수도 없다. 마음을 다스리지 못하는 자가 검을 잡는 것처럼 위험한 게 어디 있겠느냐?"

말인즉 아무것도 가르쳐 주지 않겠다는 선언이었다.

어쨌든 이삼사는 노인의 비위를 맞춰 이 상황에서 벗어나야 했다.

"사부님의 말씀 가슴 깊이 새기고 자자손손 전하겠습니다."

"흘흘! 처자 운이 없는데 무슨 자자손손이냐, 이놈아."

"처자 운이 없다면 양자를 많이 두어 사부님의 말씀을 세세 무궁토록 전하겠습니다.

"흘흘, 거짓인 줄은 알지만 듣기는 좋구나."

이삼사의 주특기인 순발력 있는 잔머리 굴리기가 빛을 발하는 순간이었다.

第三章
반쪽 제자

"꿩 대신 닭이란 말이 있다. 상품이 없으면 아쉬운 대로 하품이라도 쓴다는 말인데, 네놈은 닭도 아니고 메추라기, 아니, 참새쯤 되려나."

이삼사의 자존심을 깔아뭉개는 발언이었지만 이삼사는 대들지 않았다.

'두고 보자. 내가 점혈만 풀리면…….'

"참새 같은 불초 제자가 사부님을 모시게 되어 영광입니다."

"흘흘, 마음에도 없는 말을 잘도 지껄여 대는구나."

노인이 핀잔을 줘도 이삼사는 눈 한번 깜박이지 않고 말을 이었다. 어떻게든 점혈이 풀리는 게 우선이라 노인의 비위를 맞춰야 했다.

"한시라도 빨리 사부님의 손발이 되어 사부님을 모시려는 제자의 충정을 헤아려 주시길 바랍니다."

"흘흘, 점혈이 풀리면 도망칠 궁리만 하는 놈이 혓바닥은 잘 굴리는구나. 잘 들어라. 내가 손을 쓰면 봉침이 튀어나오고 몸에 격렬한 진동이 있을 테니 놀라지 마라."

순간 노인의 손이 빠르게 움직이며 점혈을 풀고 머리와 심장 부분을 한참 동안 두드리고 매만졌다.

이삼사는 몸이 개운해지고 아늑한 기분이 들며 나른한 상태가 되었다.

그러자 일 각이 채 지나기도 전에 이삼사의 몸에 진동이 일어났다. 처음엔 그저 가벼운 떨림 정도였는데 점차 진동이 커졌다.

드드드드!

팔다리가 가볍게 떨리던 것이 점차로 전신 진동으로 이어졌다.

어느 순간, 이삼사의 몸에 박힌 봉침이 일제히 튀어나와 사방으로 퍼졌다.

파파파파팟!

진동은 더욱 격렬해져 이삼사의 몸이 요동을 치며 들썩거리기 시작하였다.

쿠드드드드!

문득 이삼사는 자신의 몸속으로 어떤 거대한 기운이 흘러들어 오는 것을 느꼈다.

'이, 이게 뭐지?'

쑤와아아아~!

거대한 기운이 몸 안 구석구석 돌면서 가득 채워지자, 뱃속 깊은 곳에서 엄청난 기가 용솟음치기 시작했다.

엄청난 힘이 솟구쳐 나오자 이삼사의 입이 자신도 모르게 크게 벌려졌다.

곧이어 지금껏 질러본 적이 없는 웅혼한 사자후가 터져 나왔다.

"우오오오오오!"

이삼사는 스스로 소리를 멈추려 해도 입을 다물 수가 없었다.

쩌렁쩌렁한 소리가 동굴 전체에 울려 퍼지자 이삼사는 더럭 겁이 났다.

그가 겁먹은 걸 아는지 노인이 다독거렸다.

"겁낼 거 없다. 지금 너의 팔만사천 모공이 열려서 우주의 정기를 받아들이고 혈로에 쌓여 있던 나쁜 잡기를 모두 토해

내는 게다."

"우워어어어어!"

이삼사가 토해내는 소리는 마치 거대한 짐승이 울부짖는 것처럼 들렸다.

몸의 진동이 커지는 만큼 소리도 점점 커졌고, 동굴 안이 흔들리는 듯했다.

드드드드드!

'어?!'

동굴 천장이 어쩐지 아까보다 훨씬 가깝게 느껴졌다.

이삼사는 문득 옆을 보다가 소스라치게 놀랐다.

자신의 몸이 허공에 둥둥 떠 있는 것이다.

'이, 이거 뭐지? 내가 꿈을 꾸나?'

"노, 노털! 이, 이거 뭐야?"

"흘흘, 목탁아, 놀라지 말거라."

"노털, 나 잘못되는 거 아니지?"

이삼사는 허공에서 추락하면 곧 바로 죽거나 불구가 될지도 모른다는 생각에 더럭 겁이 났다.

"너는 이제 곧 우주와 하나가 되는 체험을 하게 될 게다."

"벼, 별로 하고 싶지 않은데 나, 나중에 하면 안 될까?"

"흘흘! 이 복 터진 놈아, 이게 아무 때나 체험하고 싶다고 되는 줄 아느냐? 노부의 명줄이 다한 탓에 네놈에게 천복이

내리는 줄이나 알아라. 넌 지금 수천 년 무림사에 전설로만 전해져 내려오는 천존을 맛보게 될 거다. 천존은 하늘의 영광이야."

천존(天尊)!

빛에 휩싸인 하늘의 존엄.

다시 말해, 인간계를 초월한 신과 같은 존재의 체험이다.

도가의 신선, 불가의 불타, 무가의 무성.

하늘 아래 견줄 것이 없는, 살아서 신이 되는 체험이다.

비서에 의하면 천존을 체험한 자는 무엇이든 생각한 대로 행할 수 있으며 우주가 그의 뜻에 따른다고 했다.

"우워어어어어어어!"

고함을 지르던 이삼사의 신형이 동굴 밖으로 튀어나갔다.

허공을 나는 그의 신형이 거친 파도 속으로 쏘아져 들어갔다.

촤아아아!

그의 몸은 파도를 따라 솟구쳤다가 바다에 빠지기를 수십 차례 반복했다.

솟구치고 가라앉으면서도 격렬한 진동과 고함은 계속되었다.

"으아아아아아아~!"

엄청난 고함이 마주쳐 불어오는 해풍과 조우하자 바다에 용오름이 솟았다.

이삼사의 몸이 용오름을 따라 수직으로 들려 하늘로 올라갔다.

츄우우우우~!

오색찬란한 무지개가 바다 위를 수놓았다.

어느덧 창공에 뜬 이삼사의 몸은 눈부신 백색 광채를 발하고 있었다.

세상의 소리는 모두 사라지고 천지간이 빛으로 뒤덮였다.

천존의 실체는 장엄하고 신비로운 광경이었다.

그 모습을 지켜보는 노인 광비신수 진도삼의 눈에 눈물이 어렸다.

슈우우우우~!

이삼사의 몸을 뒤덮은 광채가 서서히 거두어지고, 그의 몸이 서서히 하강하더니 해안에 내려섰다.

빛이 거두어진 그곳에 나신의 이삼사가 홀로 서 있다.

이삼사는 자신이 지금 꿈을 꾸고 있다고 생각했다.

허공을 날고 바닷속에 빠지고 솟구친 게 도무지 믿어지지 않았다.

그런데 기분이 상쾌하고 몸은 날아갈 것처럼 가벼웠다.

그뿐 아니라 온몸에 기운이 넘치고 마음이 뿌듯하고 가슴이 뻐근했다.

“목탁아, 수고했다.”

진도삼이 언제 준비했는지 이삼사에게 불쑥 꽃 한 묶음을 내밀었다.

그저 섬 어디에서나 볼 수 있는 야생화였다.

야생화의 향기가 코끝을 맴돌자 이삼사의 눈에 눈물이 핑 돌았다.

온 마음에 꽃의 아름다움이 아로새겨지는 그런 기분이다.

말로 표현키 어려운 황홀하고 신비로운 아름다움이었다.

“됐다. 꽃의 진정한 아름다움을 느끼고 감동하게 됐으니 성공이야. 흘흘.”

이삼사는 진도삼의 말이 무슨 뜻인지 이해가 되지 않았다.

이삼사는 이유 없이 흐르는 눈물이 민망하다고 생각했을 뿐이다.

그러나 한편으론 알 수 없는 희열에 가슴이 벅차오르는 뭔가가 있었다.

진도삼은 흡족한 표정으로 이삼사의 손을 다정하게 잡으며 손등을 쓰다듬었다.

“목탁아, 세상에 나아가면 인자무적(仁者無敵)을 평생의 수행으로 삼고 살아야 한다.”

‘사람이 죽을 때가 되면 말이 선하다던데…….’

이삼사는 문득 진도삼의 죽음이 멀지 않게 느껴졌고, 그 순간 가슴이 울컥하고 왈칵 눈물이 흘러나왔다.

"사부님, 이제 제자가 모실 테니 건강하게 오래 사셔야죠."

이삼사는 아주 성실한 제자처럼 사부를 챙기는 발언을 했다. 입에 발린 말이 아니라 자신도 모르게 흉중의 말이 나온 듯했다.

진심으로 사부의 마음이 헤아려지는 느낌이었다.

이삼사의 마음속에서 사부의 고단한 생이 절절하게 느껴졌다.

'사부는 그동안 이 섬에서 홀로 얼마나 외롭고 힘들었을까?'

그러다 불쑥 연 이틀 죽도록 얻어맞은 기억이 떠올랐다.

지금은 몸이 자유롭고 온몸에 힘이 넘친다.

노인에게 한 방 날리고 싶은 생각이 들었다.

그 생각과 실행은 거의 동시에 이뤄져 이삼사는 코앞의 진도삼을 향해 주먹을 날렸다.

불의의 기습에 진도삼이 황급히 몸을 틀어 피했다.

"이런, 고얀 놈! 사부에게 주먹을 날리는 제자가 세상천지에 어디 있단 말이냐?"

진도삼이 버럭 성질을 내자 이삼사가 쩔쩔매며 변명을 늘어놓았다.

"죄, 죄송합니다. 나도 모르게 제멋대로 주먹이 나갔어요."

"허어~ 제자는 만들었으되 반쪽이로구나. 이 일을 어쩔꼬."

"부족한 제자를 부디 용서하십시오."

진도삼은 하늘을 우러러보며 장탄식을 하고, 이삼사는 뒤통수를 긁적거렸다.

그날 밤, 이삼사는 동굴에서 진도삼에게 구배를 올리고 정식으로 제자의 예를 올렸다.

이삼사가 구배를 올리긴 했으나 진도삼의 표정은 밝지가 않았다.

진도삼은 혀를 차며 자신의 성급함을 후회했다.

"쯧쯧, 재료가 부실하니 공사가 제대로 될 턱이 있나. 될성부른 나무는 떡잎부터 알아본다고 했는데 싹이 노란 걸 물주고 거름 줬으니 내가 미쳤지, 내가 미쳤어."

"사부님, 앞으로 정말 노력할 테니 잘 지켜봐 주세요."

이삼사는 진심으로 미안해서 송구스러운 표정을 지으며 사부를 달랬다.

그러나 이삼사의 넋두리는 생각보다 길었다.

"저런 반쪽이 세상에 나가서 내 제자라고 떠벌리고 다니면… 에휴, 망신도 개망신이지. 평생에 하나 얻어걸린 게 반쪽이라니, 내가 내 발등을 찍었어. 아, 참 하늘도 무심하시지. 제대로 된 놈을 하나 보내주시지. 어디서 저런 허접한 물건을 보내서……. 에효, 내 팔자야."

진도삼이 하도 끌탕을 해대자 이삼사는 은근히 부아가 치밀었다.

"아, 씨파! 그만 좀 하지. 노털이 강제로 제자 만들었지 내가 언제 제자 삼아달라고 부탁했어? 내가 노털한테 부탁한 게 아니잖아."

"어이구, 저 싸가지 봐라. 제자라는 놈이 사부한테 노털이 뭐냐, 이놈아!"

"듣는 놈 기분 나쁘니까 이놈저놈 하지 맙시다."

"에라이, 호래자식아!"

분을 못 참은 진도삼이 몽둥이를 들고 벌떡 일어났다.

그러나 이제 기운이 넘치는 이삼사는 진도삼의 몽둥이가 두렵지 않았다.

"에이, 참으시지, 사부. 나도 이제 어제의 이삼사가 아닌데."

"어쭈, 어디 피할 수 있으면 피해보거라."

진도삼의 손에 들린 몽둥이가 허공을 날자 이삼사가 빠르게 몸을 굴렀다.

그러나 몽둥이는 이삼사의 엉덩이를 정확하게 타격했다.

따악!

"아야! 아, 씨파! 이러면 진짜 사부고 나발이고 국물도 없어!"

"나도 반쪽 제자는 예정에 없던 거니 패 죽여도 아까울 게 없다."

"노털! 아니, 사부, 경고하는데, 나 건드리면 안 참을 거야."

이삼사는 기운이 넘치고 몸도 새처럼 가벼웠다.

노털, 아니, 사부가 때리면 충분히 피할 뿐 아니라 반격도 문제없다고 생각했다.

그런데 현실은 마음과 달랐다.

빠악!

따악!

사부의 매는 어제보다 더 빠르고 정확하며 타격은 더 많았다.

달라진 게 있다면 이삼사가 간간이 팔이나 다리로 몽둥이를 막는 정도였다.

"아흑! 아구구!"

그래봤자 맨살로 막는 거라 아픈 건 마찬가지였다.

후다닥!

매를 견디다 못한 이삼사는 동굴 밖으로 튀었다.

그러나 사부의 걸음은 결코 이삼사를 놓치지 않았다.

'아씨~ 노친네 걸음이 왜 이리 빠른 거야?'

이삼사가 아무리 열심히 뛰어도 사부를 떼어놓을 수가 없었다.

혼신의 힘을 다해 몇 대 피하긴 했지만 사부의 타작은 집요했다.

퍽퍽! 따다닥!

빠바바박!

얼마나 맞았을까, 달리고 구르며 도망 다니던 이삼사가 멈춰 섰다.

털썩!

이삼사는 더 이상 피하는 걸 포기하고 주저앉았다.

"날 죽이쇼."

"열세 대 막고 일곱 대 피했다. 흘흘."

사부는 친절하게도 이삼사가 막고 피한 횟수를 알려주었다.

"씨바, 이제 안 막고 안 피할 테니까 죽이라고. 자, 죽이쇼!"

"흘흘, 반쪽이라도 제법이구나. 아주 쬐끔은 제자 만든 보람이 있구나."

진도삼의 얼굴에 흐뭇한 미소가 번졌다.

이삼사는 그런 진도삼이 얄밉고 두려운 마음도 들었다.

웃으면서 때리는 건 정말 맞아보지 않은 사람은 그 심정을 모른다.

상대가 환하게 웃으면 누구나 경계심이 풀어지기 마련이다.

그런데 느닷없이 몽둥이가 날아오면 얼마나 당황스럽겠는가?

하도 맞다 보니 웃는 얼굴만 봐도 경기가 날 지경이었다.

이삼사는 진짜 웃는 얼굴에 침 뱉고 싶은 마음이 들고도 남았다.

"노털은 제자 패는 게 그렇게 즐겁수?"

"흘흘, 오늘은 일곱 대 피했으니까 내일은 더 잘 피할 수 있을 거다."

"노털 사부, 내가 진짜 제자라면 검법이나 도법부터 가르치는 게 올바른 순서 아니오?"

"이놈아, 여태 가르쳐 줬는데 뭔 헛소리야?"

이삼사는 사부가 자신을 놀린다고 생각했다.

"하! 요즘은 몽둥이찜질도 검법, 도법으로 칩니까?"

"내가 전반전은 화산파 매화십이검으로 시작해서 연비칠식으로 마무리했고, 후반전은 남궁세가의 절기인 현무삼절 이십일 초식을 완벽하게 시전 한 걸 모르느냐? 하긴 알 리가 없지. 반쪽이가 뭘 알겠냐. 어쨌든 그런 줄이나 알아둬라. 흘흘흘."

"……."

이삼사는 무공에 대해서 모르니 그저 진도삼이 말을 둘러

댄다고 생각했다.

'아, 씨바, 내 신세가 완전히 노털 노리개구나."

*　　　*　　　*

이삼사가 섬에 온 지도 어느덧 삼 년이 되었다.

삼 년간 이삼사는 매일 아침저녁으로 암벽에 올랐다.

암벽 위엔 언제나 일용할 양식인 물고기와 조개, 해삼 등이 있었다.

"사부님, 암벽 위에 가면 어김없이 물고기가 있기는 한데 그게 진짜로 백구가 갖다 놓는 건가요?"

"아니면 물고기가 스스로 날아서 올라갔겠느냐?"

"제가 몇 번 숨어서 지켜봤는데 백구가 갖다 놓는 건 못 봤거든요."

이삼사는 처음부터 백구가 물고기를 물어다 놓는다는 걸 믿지 않았다.

그러나 물고기는 매일 있었고, 믿지 않을 도리가 없었다.

여러 번 숨어서 지켜봤지만 도저히 풀리지 않는 수수께끼였다.

"그럼 들쥐가 물어다 놓더냐?"

"아니요. 그냥 하늘에서 떨어졌어요."

"백구가 위에서 떨궜나 보지."

"아니에요. 하늘엔 아무것도 없었어요. 이상하지 않나요?"

"글쎄다. 백구가 높이 날아서 안 보인 거겠지."

이삼사가 도무지 모르겠다는 표정으로 고개를 갸웃거리자 진도삼이 웃었다.

"흘흘흘, 삼 년간이나 오르내리면서 이제야 그게 궁금하다니 너도 참 아둔한 놈이로구나. 타고난 반쪽이야. 끌끌."

"그동안 계속 이상하긴 했어요. 사부님, 혹시 이 섬에 우리 말고 다른 누군가 있는 게 아닐까요?"

"누군가 있다면 물고기는 왜 몰래 올려놓겠느냐?"

"그러니까 그게 이상한 일이죠."

"요즘은 암벽에 오르내리는 시간이 얼마나 걸리느냐?"

"요즘이야 뭐 식은 죽 먹기죠."

천존을 체험한 이후로 이삼사는 거의 날듯이 암벽을 오르내렸다.

누가 물고기를 갖다 놓는지 보려고 일부러 올라간 적도 수십 번이다.

예전 같으면 하루에 한 번 올라가도 기진맥진했겠지만 이제는 한달음에 오르내릴 만큼 빨라졌다.

"흘흘, 물고기는 그동안 네 녀석 체력 훈련시키느라고 내가 올려놓은 거다."

"에이, 사부님이 오르내리는 건 한 번도 본 적이 없어요."

"흘흘, 따라오너라."

진도삼은 이삼사를 암벽 밑 바닷가로 데리고 갔다.

진도삼은 거침없이 바닷속으로 걸어 들어가더니 이내 시야에서 사라졌다.

잠시 뒤, 물 밖으로 나온 진도삼의 손에 펄떡이는 물고기가 들려 있다.

"잘 보거라, 반쪽아."

진도삼이 손에 든 물고기를 하늘로 던졌다.

물고기는 정확하게 까마득한 오십여 장 높이의 암벽 위로 날아가 떨어졌다.

"흘흘흘, 이제 알았느냐?"

이삼사는 눈으로 보고도 믿기지 않았다.

그동안 사부는 이삼사가 암벽에 올라가면 물고기를 던져 올린 것이다.

새삼 진도삼에 대한 존경심이 우러나왔다.

자신도 모르게 포권의 예를 갖췄다.

"사부님, 이 절해고도에서 사부님을 만난 것은 저에게 정말 큰 복입니다."

"흘흘, 알았으면 어서 올라가서 물고기 챙겨와."

그 말을 듣자 이삼사는 불쑥 사부가 고약하다는 생각이 들었다.

'가만, 그냥 편하게 먹을 수 있는데 그동안 날 개고생시킨 거잖아?'

"사부님, 물고기 한 마리 먹자고 저 암벽을 올라간다는 건 미친 짓 아닙니까? 오늘은 여기서 그냥 몇 마리 챙겨서 동굴로 가시죠."

"네놈이 헛소리하는 걸 보니 또 매 맞을 시간인가 보구나."

"아, 씨~ 이제 알 거 다 아는데 편히 좀 삽시다."

진도삼은 삼 년 동안 하루도 빠짐없이 몽둥이를 휘둘렀다.

이삼사도 여전히 투덜투덜 노털과 사부님을 오가며 몽둥이를 피했다.

이삼사는 이제 사부만큼, 아니, 사부보다 빨라졌다.

드디어 이삼사가 단 한 대도 맞지 않고 매를 모두 피했다.

진도삼은 감격에 겨워 어깨를 들썩였다.

"흐으흘흘, 목탁아, 잘 피해줘서 고맙다."

진도삼이 눈물을 글썽거리며 이삼사의 손을 잡고 흐느꼈다.

이삼사는 흐느끼는 사부를 보며 문득 이런 생각이 들었다.

'사부의 매를 다 피했으니 이제 내가 때릴 수 있지 않을까?'

그동안 잠자는 사부를 공격해 봤고, 치사하게 쉬하는 뒤에서 찔러보기도 했다.

그러나 공격은 단 한 번도 성공하지 못하고 매만 벌었다.

자면서도 피했고 쉬하면서도 피해 이삼사에게 오줌을 갈겼다.

이제 더 이상 맞지 않을 수 있다는 생각이 들자 느긋한 마음이 들었다.

'내가 그동안 처맞은 게 대체 몇 대야?'

이삼사는 흐느끼는 사부의 안면에 느닷없이 박치기를 시도했다.

쿡!

그런데 이삼사의 박치기보다 사부의 손이 빨랐다.

이삼사의 두 눈을 사부의 두 손가락이 찔렀다.

사부는 역시 사부였다.

"우아아아악!"

"흘흘흘, 미리 대비하면 빨라도 충분히 막을 수 있단다. 이제 간신히 매 맞는 걸 피한 주제에 공격을 하다니 간덩이가 부었구나."

사실 지난 삼 년간 이삼사가 진도삼에게 배운 건 아무것도 없었다.

사부는 오직 수시로 때렸고, 이삼사는 피하는 게 전부였다.

쉬는 시간엔 티격태격하며 시시비비를 따지는 게 중요한 일과 중 하나였다.

덕분에 사부는 비속어와 욕, 잔머리 굴리는 게 늘었다.

"목탁 이 씨댕아, 네놈이 반쪽이라도 사부는 온전히 모셔야지 어디서 골주발 들이대고 개겨? 삐딱선 타면 해골에 구멍나고 면상이 니주가리합빱바 되는 수가 있으니까 개기지 말고 찌그러질 땐 알아서 찌그러져라잉!"

이삼사는 세상과 무림에 대한 상식, 기인이사들의 이야기를 많이 들었다.

이삼사는 세상의 고수들이 궁금했고, 누가 진짜 강한지 알고 싶었다.

"사부님이 무림 짱은 검황 철혈마제이고, 역대 최고의 살수는 독각수 무영비객이라고 하셨는데 둘이 붙으면 누가 이길까요?"

"내기라면 난 팔 대 이로 검황한테 걸겠다."

"소림 십팔나한진이랑 북궁의 이십사검진이랑 어디가 더 급이 높나요?"

"그거야 진을 운용하는 자들의 실력에 달렸지."

"사부님의 사부님은 누구예요?"

"나의 사부님은 무림 천하다. 나는 세상을 떠돌며 모든 문파의 절기를 배웠다."

"그러니까 한마디로 잡탕이란 말이네요?"

"어허, 이 싸가지! 자고로 극과 극은 통하는 법이다. 이 사부는 천하의 절기를 버무리고 숙성시켜서 최고의 맛이 나게 조리하는 비법을 완성했느니라."

"그건 사부님 생각이고, 실전에서 통하는지는 고수랑 붙어봐야 알잖아요."

"난 충분히 겨뤄봤고, 검증된 비법이다."

"그럼 진짜로 제가 일류무사들의 검을 피할 수 있을까요?"

"당금 무림에서 네 몸에 칼 꽂을 인물은 아마 다섯 손가락을 넘지 않을 게다."

"확실한가요?"

"내 말이 틀리면 내가 성을 간다."

진도삼이 장담하자 이삼사가 슬며시 화제를 돌렸다.

"그럼 제자도 이제 공격 초식을 몇 가지 배워서……."

"개수작 마라. 넌 칼 잡으면 인간백정 될 놈이야."

이삼사의 의도를 눈치챈 사부는 단칼에 제의를 거절했다.

그러나 이삼사는 집요하게 공격 초식을 요구했다.

"사부님, 만약에 착한 사람들이 악당들에게 당하고 있다면 어쩌실 겁니까? 당연히 정의의 이름으로 구해야 되지 않나요?"

"당연하지. 손잡고 열심히 토껴!"

"에이, 어린애나 노인이면 토낄 수가 없잖아요."

"어, 그럴 수도 있겠구나."

"그러니까 그런 때를 대비해서 검술 몇 초식만 가르쳐 주시면……."

"아니야. 그럴 땐… 그렇지. 목탁이 네가 악당들을 약 올려서 너만 쫓게 해."

김샌 이삼사의 말투가 삐딱선을 탔다.

"노털, 장난하슈?"

"허, 네놈이 또 맞을 때가 된 모양이구나."

"천하에 내 몸에 칼 꽂을 고수가 다섯도 안 되는데 노털께서 되겠수?"

이삼사가 이죽거리자 진도삼이 정색을 하고 말했다.

"강자는 선하지 않고 선한 자는 강하지 못하니 무릇 인자만이 진실로 강자라 할 것이다. 천하의 검법서(劍法書)를 통달하고 경지에 이르러도 선하지 않다면 별무소용이니라."

"아, 그러니까 착하게 살겠다는 각서를 쓰면 되잖아요. 저 못 믿어요?"

"당연히 안 믿지."

"믿지 않을 거면 왜 제자로 만들었어요?"

"난들 널 제자로 만들고 싶었겠냐? 이쯤에서 주제 파악하고 욕심을 거둬라."

"원래 사부는 배워서 남 주는 게 직업 아닙니까?"

"잘 들어라. 노부가 고도에서 너를 만난 것도 하늘의 안배가 있음일 터, 부디 때를 만나면 웅심을 펼쳐 천하의 난을 평정하되 인자무적을 실행하여야 할 것이다. 네가 인자무적을 실행한다면 노부가 감히 예언컨대 강호의 기인이사 중에 너보다 위에 설 인물은 아마도 없을 것으로 확신한다."

"나 참, 공격 초식 하나 모르는데, 도망 다니기 바쁠 게 뻔한 일 아닙니까?"

"목탁아, 도망치는 게 좋은 거란다."

"좋기는 개뿔, 도망치다 날 새겠구먼."

"강호가 넓어 보여도 기실은 욕망과 탐욕의 투쟁터일 뿐, 진실로 넓은 것은 내면의 세계이니 인자가 되면 적이 없는 평온한 세상을 살아갈 것이다. 불의를 위해서는 싸우되 제아무리 악인이라도 인간 자체를 미워하진 말거라. 목탁아, 내 말 명심해라. 인자무적(仁者無敵)이다."

"인자무적이 아니라 도망자 무적이겠죠."

"흘흘, 그렇구나. 도망자도 무적이구나. 목탁아, 네 별호는 도망자가 좋겠다."

이삼사는 진도삼의 강의가 하품이 날 지경이다.

"하아암! 사부, 다 좋은데 날 목탁이라고 부르지 좀 마쇼. 내 이름은 이삼사야. 목탁은 내가 꼭 중이 된 것 같아서 싫다구."

"목탁아, 넌 다 좋은데 싸가지가 바가지라 걱정이구나. 에휴~!"

그날 밤 이삼사는 꿈을 꾸었다.

처음엔 고수가 되어 천하를 주유하며 악을 멸하는 영웅의 모습이었다.

두 번째는 자신이 마제(魔帝)가 되어 천하 위에 군림하는 모습이었다.

마지막에는 정사 양쪽에게 쫓기며 힘겹게 싸우는 꿈이었다. 아니, 싸우기보다 그저 도망치는 데 전력을 다하는 꿈이었다.

꿈에서 얼마나 힘들게 싸웠는지 깨어보니 이마에 땀이 흥건했다.

"에이, 기분 좋게 시작해서 더럽게 끝나네."

동굴 안을 둘러보니 사부가 보이지 않았다.

사부는 해가 뜨고 아침 식사 시간이 되어도 나타나지 않았다.

'어디 갔지?'

이삼사는 어쩐지 불길한 예감이 들어 마음이 산란했다.

사부를 찾아 섬을 두 바퀴나 돌아봤지만 사부는 보이지 않았다.

"사부우~ 사부!"

이삼사는 마지막으로 암벽을 올랐다.

사부는 그곳에 있었다.

좌정한 채 눈을 감은 사부의 흰 수염은 바람에 휘날렸지만 숨을 쉬지 않고 있었다.

사부 앞의 너럭바위엔 숯 검댕으로 쓴 사부의 글이 있었다.

목탁아!

본디 죽음과 삶은 한 가지이니 노부의 죽음을 너무 슬퍼하지 말거라.

인간이 인간인 것은 인간다움을 지키기 때문이니 너는 인간의 도리를 지켜라. 너를 만난 덕분에 지난 삼 년간 노부의 만년이 참으로 행복했다.

살다 보면 두려운 순간이 올 것이다.

진정한 용기란 두려움이 없는 것이 아니다.

두려움에도 불구하고 의를 위해 한발 내딛는 것임을 명심해라.

내 왼편 소나무에 몇 자 감아놓았으니 그대로 따르도록 해라.

진도삼의 왼편 소나무 하단에 낡은 천이 감겨 있는 게 보였다.

이삼사는 사부의 좌정한 시신 옆에 앉아서 지난 삼 년을 되돌아보았다.

얼마 전부터 사부의 기력이 쇠해지는 걸 알기는 했으나 일부러 모른 척했다.

혼자 남겨지는 게 두려웠기 때문이다.

고독이 죽음보다 무서운 절해고도이다.

"내가 싸가지 없게 굴긴 했지만 미운 정 고운 정 다 들었는데, 이럴 줄 알았으면 좀 더 잘해줄걸. 노털! 사부님! 눈 좀 떠봐! 날 목탁이라고 불러도 좋아!"

이삼사는 사부의 죽음 앞에서 자신의 이름을 개명키로 결심했다.

"노털, 아니, 사부님! 이제부터 내 이름은 목탁이오."

개명은 했으나 이젠 아무도 불러줄 사람이 없는 이름이다.

목탁은 사부가 소나무에 감아놓은 천을 풀었다. 사부의 당부 사항이 깨알처럼 적혀 있었다.

목탁은 몇 번이나 읽고 나서 천을 품속에 갈무리했다. 그리고 사부 옆에 앉아서 하염없이 시간을 보냈다.

달이 뜨고 지고, 해가 뜨고 질 무렵 목탁이 입을 열었다.

"목탁아, 그만 슬퍼하고 내려가자. 사부님, 저 갑니다."

그는 스스로 개명한 자신의 이름을 부르며 사부에게 하직인사를 올리고 동굴로 내려왔다.

목탁은 사부가 남긴 천을 펼쳐 놓고 그 내용을 한 자 한 자 천천히 소리 내어 읽었다.

파천도검해(破天刀劍解)!

세상의 모든 도법과 검법을 깨뜨린다!

목탁아, 너는 나의 파천도검해다.

第四章
고도 탈출

사부의 당부를 정리하면 대략 세 가지였다.

첫째는 전쟁과 기근으로 피폐한 세상에 보리선원을 세워 고아와 과부를 구제하라.

둘째는 인재들을 모으고 키워서 복지 낙원을 건설하라.

셋째는 황각사를 찾아가 자신의 아들에게 유품을 전해달라는 것이었다.

처자 운이 없다는 사부에게 아들이 있다는 것에 놀랐지만 목탁은 반드시 사부의 유언을 따르겠다고 결심했다.

하지만 절해고도에서 무슨 수로 선원을 세우고 인재를 모아 낙원을 건설한단 말인가?

황각사 역시 백번이라도 찾아가고 싶지만 갈 방법이 없다.

'사부도 참, 유언이라면 최소한 지킬 수 있는 걸 요구해야지.'

그랬다. 만약에 사부가 자신의 시신을 화장해 달라거나 바다에 수장해 달라거나 땅에 묻어달라는 거였다면 즉각 실행에 옮겼을 것이다.

기념비를 세워달라면 부족한 솜씨나마 돌비석이든 나무패든 새겨서 세웠을 것이다.

그러나 사부의 소원은 이 섬에서는 도저히 이뤄줄 수 없는 것들이 아닌가.

해서 목탁은 현실에서 이룰 수 없는 사부의 소원을 꿈속에서나마 이뤄주기로 했다.

'사부, 꿈나라로 갈 테니 거기서 만나요."

벌렁 누워 잠을 청하자 밀린 피로가 몰려와 금방 잠이 들었다.

눈을 떠보니 별이 총총한 밤이었다.

얼마나 곤하게 잤는지 꿈조차 꾸지 못했다.

사부에겐 미안하지만 사부의 유언은 다음번 잠잘 때를 기약했다.

"사부, 난 사부가 보고 싶은데, 사부는 나 안 보고 싶어?"

사람이 아무것도 할 일이 없다는 건 참 막막한 일이었다.

실컷 잤으니 잠도 오지 않고 배도 고프지 않았다.

매일 몽둥이를 휘두르던 사부가 없으니 피하는 수고도 할 필요 없다.

새삼 사부의 무자비한 몽둥이가 그리웠다.

괜스레 혼자 몽둥이를 피하는 동작을 몇 번 취해보기도 했다.

시간이 지날수록 사부와의 추억이 새록새록 떠올라 마음이 울적해졌다.

사부가 없는 지금 사부의 모든 행동이 하나씩 이해가 되었다.

왜 사부가 툭하면 자신에게 노래를 부르라고 강요했는지, 왜 별것도 아닌 일로 까탈을 부리고 말꼬리 잡고 늘어졌는지, 왜 귀찮은 일을 반복해서 시키고 성질 뻗치게 했는지…….

한마디로 말해서 심심했기 때문이다.

"난 사흘도 안 돼서 이런데 사부는 얼마나 힘들었을까?"

이십 년간 심심한 건 얼마나 심심한 걸까?

목탁은 사부의 외로움이 상상 그 이상이라는 걸 알았다.

"진짜 심심해도 우라지게 심심했겠네."

자신을 만났을 때 사부가 왜 그리 좋아했는지 그 심정이 이해가 되고도 남았다.

새삼 사부가 자신을 얼마나 반기고 좋아했는지 절절이 느껴졌다.

사부의 그 선하고 환한 미소가 눈에 선했다.

"아, 씨, 나도 좀 많이 웃어줄걸."

목탁의 눈에서 소리 없는 눈물이 주르르 흘러내렸다.

슬픔도 기쁨도 아닌 그리움의 눈물이었다.

'밤하늘을 수놓은 별 중에 사부의 별도 있을 테지.'

유독 반짝이는 푸른 별 하나가 어쩐지 사부의 별 같다는 생각이 들었다.

'사부도 어디선가 날 생각하고 있을까?'

"사부우~!"

목탁은 별을 보고 소리쳤다.

별이 화답하는지 더 밝게 빛나며 반짝거리는 것 같다.

"에이, 노털! 이젠 나 못 때리지롱!"

따져 보면 징하게 맞았지만 그 몽둥이질 덕분에 삼 년을 견딘 것이다.

사부가 사무치게 그립고 간절하게 몽둥이맛을 보고 싶었다.

사부는 갔어도 자신을 패던 몽둥이는 남았다.

목탁은 자신을 패던 몽둥이를 손에 들고 자신을 때리는 동시에 피했다.

"우헤헷! 피했지롱! 아싸리! 또 피하고!"

누가 봐도 미친 짓이었지만 목탁은 그 짓을 한 시진 가까이 계속했다.

목탁의 손에서 몽둥이가 떨어져 나가고 어깨가 들썩였다.

"아, 씨바! 나 좀 때려봐! 노털 사부야! 흐어엉!"

울고 또 울어도 눈물이 그치지 않았다.

목탁은 울면서 동굴로 돌아와 살림살이를 정리했다.

살림살이라야 화덕과 마른 풀을 깐 잠자리가 전부였지만 사부의 잠자리 위치가 더 좋다.

사부의 자리는 누우면 멀리 해안 풍광이 한눈에 들어오는 소위 명당이었다.

사부의 체취가 그리운 목탁은 사부의 잠자리에 누웠다.

"아야!"

자리에 눕자 뭔가 등허리에 배겼다.

몸을 일으키고 마른 풀을 헤집자 두 뼘 길이의 검 한 자루와 사부의 필체가 분명한 서찰이 한 통 놓여 있다.

목탁은 죽은 사부가 돌아온 것처럼 반가웠다.

ㅡ흘흘, 목탁아, 심심하지?

첫 구절부터 마치 목탁의 심정을 헤아리는 듯했다.

목탁은 자신도 모르게 핑그르르 눈물이 고였다.

"예, 사부님!"

목탁은 사부가 곁에 있는 것처럼 느껴져 서찰을 읽으며 대답했다.

ㅡ너를 위해 검 한 자루를 남긴다.

검날엔 삼초절검(三初絶劍)이라고 새겨져 있었다.

검은 제법 묵직했다.

길이는 손잡이까지 포함해서 두 뼘 정도로 단검이라기엔 좀 길었다. 그러나 무사의 검이라기엔 형편없이 짧았다.

특이한 문양은 없지만 단단해 보여 마음에 들었다.

목탁은 사부가 남긴 검을 품 안에 갈무리했다.

ㅡ검을 챙기면 해변으로 나가라. 너를 세상으로 인도할 내 친구가 올 것이다.

'뭔 소리지?'

목탁은 뜬금없는 마지막 구절에 고개를 갸웃거렸다.

사부의 친구 얘긴 들은 적이 없었다.

이 고도에 정기 여객선이 운항할 리도 없었다.

사부는 분명히 이십 년간 혼자 지냈다고 했다.

목탁은 해변으로 나아가 백사장을 산책 삼아 천천히 걸었다.

해변은 어둠이 걷히고 희뿌연 새벽 물안개가 피어오르고 있었다. 사부와 해변을 돌며 산책하던 기억이 떠올라 또 마음이 울적해졌다.

'어?'

목탁은 소스라치게 놀랐다.

누군가 해변에 웅크리고 있었다.

'누, 누가?'

사람인가?

아니다. 사람치고는 너무 크다.

목탁은 두려움과 호기심을 억누르며 천천히 다가갔다.

웅크리고 있는 거대한 물체는 거북이였다.

거북이를 몇 마리 본 적이 있지만 이렇게 큰 거북이는 처음이다. 언젠가 청도의 복산 기슭에 있는 원통사에서 본 가마솥만큼이나 컸다.

그 가마솥은 한 번에 삼백 명이 먹을 밥을 짓는다고 했다.

꾸우~!

목탁이 가까이 다가가자 거북이 목을 길게 뺀 채로 소리를 내며 목탁을 보고 눈을 몇 번 끔벅거렸다.

목탁이 어찌해야 할지 몰라 주춤거리자 거북이는 천천히 몸을 돌려 바닷물 속으로 들어갔다.

물에 잠긴 거북이가 목탁을 돌아보고 또다시 눈을 끔벅거렸다.

목탁은 퍼뜩 사부가 남긴 서찰의 마지막 글귀가 떠올랐다.

—너를 세상으로 인도할 내 친구가 올 것이다.

목탁은 긴가민가하며 거북의 등에 올라탔다.

거북은 그가 타기를 기다렸다는 듯 목탁이 타자마자 빠른 속도로 물살을 가르며 앞으로 나아갔다.

목탁은 행여 떨어질세라 손아귀에 힘을 주고 거북의 등껍질을 꽉 잡았다.

시간이 제법 지났음에도 거북의 속도는 처음보다 좀 느려졌을 뿐 별로 지친 기색 없이 꾸준히 한 방향으로 나아갔다.

'어디로 가는 걸까? 설마 용궁으로 가는 건 아니겠지?'

*　　　*　　　*

목탁은 고도에서 얼마만큼의 거리를 이동했는지 도저히 가늠이 되지 않았다.

해가 뜨고 기우는 방향으로 봐서 거북이는 북상 중인 게 확실했다.

해가 머리 위에 오자 따가운 햇살에 등이 따가웠다.

긴장한 탓인지 갈증이 심하게 나고 허기도 졌다.

다행히 서쪽 하늘에서 구름이 몰려와 햇살을 가려줬다.

목탁은 구름이 고마운 동시에 불안감이 엄습했다. 지금은 하절기고, 해적질 경험으로 볼 때 서북풍이 불면 거친 풍랑이 온다.

바람에 습기가 진하게 느껴졌다.

후두두!

예상대로 빗방울이 해수면에 떨어지기 시작했다.

이내 세찬 소나기가 쏟아져 내렸다.

쏴아아!

해가 사라지고 소나기를 맞자 으스스 한기가 들었다.

목탁은 불안한 마음에 주위를 둘러보았다.

'섬이든 배든 뭐라도 눈에 잡히는 게 있으면 좋겠는데…….'

목탁의 바람을 하늘이 알았는지 백여 장 앞에 암초가 보였다. 암초가 있다는 건 섬이나 뭍이 있을 확률이 높다는 것이다.

운항하는 배라도 얻어걸리면 더 이상 바랄 게 없었다.

'어?'

이상하게 백여 장 앞의 암초가 흔들거렸다. 흔들리는 암초가 갑자기 물줄기를 쏘아 올렸다.

아마도 자신이 거북의 등에 타고 있어서 흔들림 때문에 착각한 것이리라……. 그렇게 생각을 정리하려는데, 오십여 장 앞에 이르자 갑자기 암초가 위로 솟아올랐다.

쿠오오오오!

'맙소사!'

목탁은 눈을 크게 뜨고 입을 딱 벌렸다.

그것은 암초가 아니라 거대한 고래였다.

목탁은 태어나서 그렇게 거대한 생물은 본 적이 없었다.

고래가 몸을 뒤틀자 바다가 뒤집어지는 것처럼 느껴졌다.

추와아아아아!

파도가 출렁이자 거북이가 하늘로 치솟고 목탁도 파도 위로 날았다.

파도의 출렁임에 따라 위, 아래, 위, 아래가 반복되자 현기증이 일었다.

아무래도 이번 생은 여기까지!

그런 생각이 들자 섬을 떠난 게 후회됐다.

'우리질, 기껏 올라탄 게 용궁행 특급일 줄이야. 설마가 사람 잡는구나.'

어차피 한 번은 죽는 게 인생이지만 이렇게 가는 건 아니라는 생각이 들었다.

사부는 최소한 장례를 치러줄 제자라도 있었다.

이렇게 물고기 밥이 되는 건 너무나 억울했다.

사나이로 태어나 한 일은 별로 없지만, 아무튼 죽고 싶지는 않았다.

만일 죽는다면 뭔가 좀 다른 모습으로 죽는 게 좋았다. 최소한 누군가라도 자신의 죽음을 알거나 기억해 줘야 마땅한 일이다.

어쨌든 용궁에 가더라도 거북이 등껍질은 꽉 붙들고 가리라.

사력을 다해 손아귀에 힘을 보탤 때, 귓전을 가르는 파공음이 들렸다.

쐐애액! 쐐애액!

퍼억! 퍽!

어디선가 날아온 작살 두 개가 고래의 등에 박혔다.

"박혔다! 밧줄 다 풀어!"

사람의 말소리가 들리고 이어 목탁의 눈에 고래잡이 배, 포경선이 보였다.

고래는 요동을 치고 파도를 일으키며 앞으로 내달렸다.

좌아아아아!

고래와 포경선이 수면을 가르는 중간에 거북이 등에 탄 목탁이 끼어 있었다.

누군가 목탁을 발견하고 소리쳤다.

"사람이 빠졌다! 누군지 확인해 봐!"

"밧줄부터 던져 줘!"

"밧줄보다 박을 던져 줘!"

목탁은 뱃사람들의 고함 소리에 잠시 안도감을 느꼈다.

그러나 다음 순간, 포경선에서 던진 밧줄이 목탁의 안면을 후려쳤고, 목탁은 느닷없는 타격에 그만 거북의 등껍질을 잡은 손을 놓쳤다.

"어푸푸!"

물에 빠진 목탁의 머리가 수면을 들락거리며 허우적거렸다.

연이어 날아온 밧줄에 매인 박이 목탁의 뒤통수를 갈겼다.

빡!

꼬르르.

잠시 정신줄을 놓은 목탁이 바닷물을 한껏 들이켰다.

"우웨액!"

누군가 흉부 압박으로 목탁이 바닷물을 토해내게 하였다.

목탁이 게슴츠레 눈을 뜨자 구레나룻 사나이가 안부를 챙겼다.

"허허허! 용궁 구경 잘 하셨는가?"

목탁이 둘러보니 자신의 몸이 포경선 갑판 위에 눕혀져 있다. 선원 중 누군가 바다에 뛰어들어 자신을 건져 올린 것이리라.

목탁은 상체를 일으켜 포권을 하고 생명의 은인에게 예를 올렸다.

"구은지명의 대은을 입었으니 이 은혜, 뼈에 새기겠습니다."

포경선은 고래와 한창 힘겨루기를 하는 중이었다.

저녁노을이 바다를 물들여 하늘도 바다도 붉었다.

'살았다!'

뱃사람들 사이에 놓이자 목탁은 비로소 안도감이 들었다.

삼 년 만에 세상으로 가는 건가?

그런 생각과 함께 사부의 얼굴이 떠올랐다.

'사부님 덕분에 세상 구경을 하게 되었습니다. 반드시 사부님의 유지를 받들어…….'

목탁이 결의를 다지는데 누군가 반갑게 웃으며 아는 척을 했다.

"낯이 많이 익은 얼굴인데… 자네 혹시 날 모르겠나?"
"글쎄요. 저도 어디선 뵌 것 같긴 한데……."
목탁도 반갑게 웃으며 기억을 더듬었다.
청도항에서 본 얼굴이면 개고기로 통하던 자신을 썩 반기진 않으리라.
아니면 밀무역하려고 연대에 갔을 때 만난 사람인가?
눈앞에서 웃던 사내의 목소리가 커졌다.
"생각났다! 이놈, 해적질하던 놈이야!"
"어, 맞네! 나도 현상 수배 용모파기를 본 적이 있어!"
"맞아. 여기 이쪽 턱이 특징인 걸 내가 확실히 기억해."
곁에 있는 사내가 웃는 사내의 말에 맞장구를 쳤다.
기억을 더듬던 목탁의 머릿속이 하얘졌다.
"아, 아닙니다. 전 결코 해적질을 한 적이 없습니다."
목탁은 일단 오리발 초식으로 이 위기를 벗어나기로 했다.
삼 년 만에 섬을 벗어나 구사일생했는데 곧바로 감옥에 가야 한다면 뭐 하러 고도를 탈출했겠는가?
자신이 감옥에 가는 건 하늘의 뜻이 아니라고 생각했다.
그러자 제일 연장자로 보이는 털보가 섣부른 판단의 오류를 지적했다.
"세상엔 비슷하게 생긴 사람도 많으니까 자네들이 잘못 본 것일 수도 있네."

"마, 맞습니다. 전 뱃멀미가 심해서 배 타는 것조차 꺼리는 놈입니다."

목탁은 일단 빠져나갈 구멍이 생겼다는 생각에 뻗대기 초식을 전개했다.

우기자! 우겨야 산다! 목탁은 무조건 우기기로 결심했다.

그러자 구레나룻이 긴 고래잡이 포수가 한마디 비집고 들어왔다.

"해적들은 대부분 문신을 하니까 어깨를 까봐. 어깨에 해골 문양이나 애꾸눈 사내 같은 걸 새겼을 거야."

"하하하! 딱 걸렸어! 역시 강 포수가 예리하다니까! 자, 어깨 열어봐!"

"아, 맞다! 내 기억으론 이놈이 무슨 해골 해적단이었던 거 같은데?"

선원들의 눈빛은 벌써 목탁을 개무시하는 기색이 역력했다.

풍전등화, 일촉즉발, 위기일발의 순간이었다.

치치치치칫!

바로 그때, 배가 갑자기 좌현으로 왕창 기울었다.

작살이 박힌 고래가 몸부림치며 배를 바닷속으로 끌고 들어갈 기세였다.

하늘이 목탁을 도왔다. 아니, 고래가 도왔다.

"우워어! 다들 정신 바짝 차리고 밧줄로 몸을 감아!"

모두들 고래와의 거친 일전에 익숙한 듯 밧줄로 몸을 묶어 고정시켰다.

목탁도 한쪽 구석으로 기어가 몸을 붙이고 밧줄을 동여맸다.

강 포수는 요동치는 배 안에서도 안정된 자세로 연신 거대한 작살을 날려 고래의 등과 옆구리에 박아 넣었다.

쉬이이~ 퍼억!

휘익! 퍽!

그때마다 고래가 거대한 몸을 뒤틀었다.

고래는 엄청난 힘으로 온 바다를 휘돌며 배를 끌고 다녔다.

한 시진이 족히 넘을 즈음부터 고래의 힘이 다했는지 속도가 현저히 줄어들었다.

이후 반 시진이 못 되어 이윽고 고래의 움직임이 완전히 멈췄다.

선장이 선원들의 노고를 치하하며 사냥 종료를 선언했다.

"고래가 멈췄다! 다들 고생했어!"

보름달이 휘영청 밝은 밤이었다.

뱃사람들은 고래 사냥 성공을 축하하며 얼굴에 웃음꽃이 만발했다

"하하하! 지난번에 잡은 놈보다 두 배는 커 보이는 것 같아."

"출어한 지 나흘 만에 사냥에 성공했으니 운이 정말 좋았어."

"자, 다들 술 한잔합시다."

그냥 넘어가도 좋으련만 목탁이 가슴 졸이고 있는 걸 알았는지 그를 보고 해적이라고 소리친 사내가 다가왔다.

"이봐, 이제 자네 문신을 확인할 때가 된 것 같은데?"

그 말에 모두의 시선이 목탁 쪽으로 향했다.

목탁은 가슴을 쭉 펴고 당당하게 나갔다.

"하하하! 이제 억울한 누명을 벗는 시간이군요. 자, 옷을 좀 까주시죠."

목탁은 자신을 맨 처음 지목한 사내 앞으로 어깨를 들이댔다.

일순, 그의 눈빛이 흔들리며 당황한 기색이 역력했다.

진짜 해적이라면 이렇게 당당해서는 안 되는 것이다.

'어? 내가 잘못 본 건가?'

어깨를 가린 부분만 까면 정체가 밝혀질 게 뻔했다.

그런데 이렇게 당당하다면 아무래도 자신이 잘못 봤을 확률이 높았다.

그가 주춤거리며 목탁의 어깨가 드러나게 상의를 제쳤다.

목탁의 어깨는 아무런 문신 없이 깨끗했다.

문신은 눈 씻고 봐도 보이지 않았다.

목탁의 입가에 득의의 미소가 머금어졌다.

"이제 믿으시겠습니까?"

"어어, 내, 내가 잠시 오해했네. 미안하이."

"하하하! 세상엔 비슷한 사람도 있는 법이고, 그래서 오해도 있기 마련이죠."

목탁은 그의 오해를 탓하지 않았다.

목탁이 안도의 숨을 내쉬려는 순간, 강 포수가 한마디 끼어들었다.

"왼쪽 어깨도 까봐야지."

철렁!

덜컥!

목탁의 귀에 자신의 심장과 간이 떨어지는 소리가 들리는 것 같았다.

동시에 빛의 속도로 잔머리를 굴렸다.

'이런 우리질.'

이왕 뻔댄 거 여기서 꾸물댈 목탁이 아니었다.

어차피 이판사판이니 운명의 주사위를 던져야 했다.

목탁은 앉은 자리를 박차고 벌떡 일어나며 소리쳤다.

"만약에 제 왼쪽 어깨에 문신이 없다면 어쩌시겠습니까?"

목탁의 옷을 제치려던 사내의 손이 멈칫하는 순간, 목탁은 앞으로 한 걸음 내딛고 몸을 옆으로 틀며 소리쳤다.

"여기 계신 분들은 모두 제 생명의 은인이십니다!"

타악!

목탁은 손바닥으로 자신의 가슴을 쳐서 효과음을 내고 비장한 분위기 연출을 시도했다.

"저를 구하셨으니 다시 바다에 던진다고 해도 하나도 섭섭하지 않습니다!"

목탁은 곧 바다에 뛰어들 태세로 난간까지 다가섰다.

"조금 전까지만 해도 저는 뭍에 도착하는 대로 은 천 냥, 금 백 냥씩 챙겨 드릴 생각을 하고 있었습니다."

목탁의 향기롭고 풍요로운 말에 뱃사람 몇의 얼굴이 환해지고 두엇은 입이 귀에 걸렸다.

"천하보다 귀한 목숨이니 은 천 냥, 금 백 냥도 부족하죠! 그보다 몇 배라도 더 드릴 수 있습니다!"

목탁은 뱃사람들 얼굴을 한 명씩 바라보고 눈을 맞추며 낭랑한 목소리로 이어 말했다.

"나는 목숨보다 명예를 더 소중하게 여기는 사람입니다! 해적이라는 오해를 받고는 단 하루도 살고 싶지 않습니다! 자, 옷을 벗겨주시죠!"

목탁은 입이 귀에 걸린 사내들 중 한 명 앞으로 다가서서 어깨를 들이댔다.

"헤헤, 미안하이, 젊은이."

사내는 미안한 표정을 지으며 어깨를 가린 옷 부분을 제쳤다.

드러난 목탁의 어깨는 깨끗했다.

"자, 모두 보시게. 눈처럼 깨끗한 어깨일세."

"하하하! 괜한 오해로 소란을 피웠구려."

"내가 잘못 봐서 이렇게 됐으니 날 용서하게."

"아닙니다. 해적을 닮은 제 얼굴 탓이니 사과 안 하셔도 됩니다."

목탁은 여유 있는 미소를 지으며 두루 감사의 예를 올렸다.

회심의 미소를 짓는 목탁의 귀에 강 포수의 걸걸한 음성이 들려왔다.

"깐 어깨 또 깠구먼."

"……."

일순 묘한 정적이 흘렀다.

강 포수는 그냥 넘어갈 태세가 아니었다.

손가락으로 다른 사람들의 눈을 찌를 듯이 삿대질을 해댔다.

"모두 눈깔이 해태여, 동태여?"

"깐 어깨 또 깐 거였어?"

"잠시 헷갈릴 수도 있는 것이지 뭔 삿대질이랴?"

강 포수의 말이 뭔가 탐탁지 않은지 다른 사람들은 쩝쩝

입맛을 다셨다.

강 포수는 흔들림 없이 다음 행동에 대한 지령을 내렸다.

"아까 오른쪽 깠으니까 확실하게 왼쪽을 까라고."

'크윽, 황 됐네. 저 웬수, 그냥 모른 척 넘어가 주지.'

목탁이 눈을 흘겼지만 더 이상 피할 도리가 없었다.

피해보려고 발버둥 쳤는데 운명의 신이 목을 움켜쥐고 놓아주지 않는 것 같다.

뱃사람들은 대부분 거칠다.

목탁의 정체가 드러나면 물고기 밥 되는 건 시간문제라고 보는 게 정답이다.

피할 수 없다면 즐기라는 말이 있지만, 지금은 상황을 즐기기 어렵다.

목탁은 피하는 대신 들이대는 방법을 떠올렸다.

절체절명의 순간에 목탁은 마지막 승부수를 던졌다.

"하하하! 소생이 오른쪽 어깨를 드러내지 않는 건 보기 흉한 흉터가 있기 때문입니다. 어려서 화상을 입은 탓으로 어깨를 드러내는 걸 꺼려 했지요."

그러나 싸한 분위기는 이미 목탁의 편이 아니었다.

그래도 목탁은 개의치 않고 우격다짐 초식을 밀고 나갔다.

"이유가 어쨌든 소생은 배에서 내릴 때까지 어깨를 까 보일 생각이 없습니다. 배에서 내릴 때, 그때 어깨를 까 보일 테니

만약 해적 문신이 있다면 관아로 소생을 넘겨서 처벌을 받게 하고, 없다면 구명지은의 대가로 은 천 냥, 금 백 냥, 비단 백 필씩 챙기면 됩니다."

은과 금에 비단이 추가되자 의견이 분분해졌다.

"그려, 어차피 배 안에서 어디로 도망칠 것도 아닌데, 뭐."

"맞아, 도망쳐 봤자 물고기 밥이지."

"급할 게 뭐 있어. 천천히 확인해도 충분하지, 뭐."

뱃사람들 입장에선 잘되면 좋고 밑져야 본전이다.

진짜로 금과 은을 챙기면 더할 나위 없이 좋고, 아니라면 현상금을 챙겨서 거하게 술잔치 한번 하면 된다.

사람들이 고개를 끄덕이며 확인을 유보하는 쪽으로 기울자 강 포수가 말을 잘랐다.

"난 해적이라면 이가 갈리는 놈이여!"

빠드득!

그는 진짜로 이를 갈아댔다.

눈에서 파란 불꽃이 번득였고, 한마디 한마디마다 날카로운 살기가 느껴졌다.

그는 해적에 대해 깊은 증오와 뼈에 사무친 원한을 품고 있는 것으로 보였다.

그 기세에 목탁은 자기도 모르게 오금이 저리고 진저리가 쳐졌다.

"내 고향은 해적들 노략질에 거덜이 났고, 내 마누라가 겁탈을 당하고 자진했어!"

그 말대로라면 해적은 그의 불구대천의 원수가 분명했다.

그렇다고 이제 와서 자신이 전직 해적이라고 밝힐 수도 없는 노릇이다.

목탁은 심장이 오그라드는 느낌이 들었지만 태연한 모습을 유지하려 애썼다.

어쨌든 배가 포구에 닿을 때까지 품위를 유지하고 목숨을 보전하는 게 급선무였다.

그런데 강 포수는 포구에 닿을 때까지 기다릴 생각이 없어 보였다.

"해적들은 태생이 무법자들인데 뭣 하러 관아의 수고를 빌린단 말이오?"

말인즉슨 해적에겐 수장이 어울리는 처벌이라고 했다.

해적이나 고래 사냥꾼이나 바다에서 노는 건 마찬가진데 굳이 뭍으로 갈 필요가 있는가?

"바다 사나이는 바다에서 즉결 처분하는 게 바다 사나이의 운명이라고 생각하오. 그것이 우리를 먹고살게 하는 바다를 풍요롭게 하는 길이며 고래잡이로서 바다의 은혜에 보답하는 길이라고 생각하오."

그의 지론은 목탁을 물고기 밥으로 주어야 한다는 것이

었다.

인상부터 우락부락한 강 포수는 물고기 밥 주는 방식에 대해서도 나름의 원칙이 있었다. 그는 해적은 반드시 목을 쳐야 한다는 신념을 피력했다.

“생선 먹을 때 어떻게들 먹소?”

강 포수는 우리가 생선을 먹을 때 생선 대가리를 토막 치듯이 바다에 사람을 던져 줄 때도 모가지를 쳐서 던져 주는 게 물고기에 대한 예의라고 했다.

목탁은 그의 살 떨리는 발언에 잠시 목이 떨어지는 환상을 체험하며 자신도 모르게 몸이 부르르 진동하는 걸 느꼈다.

목탁은 자신의 손이 자꾸 목덜미로 올라가려는 걸 애써 말렸다.

어쨌든 포구에 닿기 전 자신의 목숨을 안전하게 지탱할 뭔가가 필요했다.

경험 법칙상 가장 강력한 생존비술은 인맥, 학맥, 금맥이었다.

자신을 아는 얼굴이 있긴 하나 전혀 도움 안 되는 인맥이라 인맥비술은 기대 난망이다.

학맥비술을 펼쳐 보일 수도 있지만 그건 먹물들한테나 잘 먹히지 뱃사람들한테는 무용지물이나 마찬가지이다.

결국 지금 자신의 목을 붙여 놓고 있는 건 금맥비술이었다.

아까 비단 백 필을 얹었기에 의견이 분분해졌고, 어깨 문신 확인이 유보된 것이다.

'좋아, 판돈을 두 배로 올리고 안 통하면 곱빼기로 간다.'

목탁은 자신이 아는 최강의 절세신공을 펼치기로 마음먹었다.

개도 돈을 물면 멍첨지가 된다고 했다.

광신도나 꼬장꼬장한 학자 출신들은 돈의 가치보다 믿음이나 명예를 위에 두기도 하지만 그건 어찌 보면 없는 자들의 자기 위안이기도 한 것이다.

그러나 지금까지 자신이 상대한 인물 군상 중에 돈을 마다한 위인은 없었다.

금전살포술(金錢撒布術)!

목탁이 볼 때는 세상에서 가장 막강한 무공이었다.

지금까지 살면서 돈 싫다는 사람 못 봤다. 그러나 현찰신공이 아닌 외상신공이라 조금 찜찜하긴 했다.

하지만 어차피 외상이면 소도 잡아먹는다고 했다.

'그래! 극락도 팔아먹는 세상에 보물 좀 팔지, 뭐.'

현 세상에서 돈은 거룩한 종교보다 그 위상이 높은 절대 존엄이다.

문제는 없는 것을 있는 것으로 만드는, 보지 않고 믿는 믿음을 연출해야 한다.

여기서 중요한 건 떡밥신공이었다.

만에 하나 공갈 낚시라는 게 들통 나면 오늘이 제삿날 되는 건 거의 확실했다. 지금 죽으면 자식이 없으니 제삿밥 먹기는 애초에 그른 일이다.

목탁은 반드시 살아서 제삿밥 차려줄 자식을 둬야겠다고 결심했다. 그리고 짱구를 굴리고 굴려서 고심 끝에 결론을 내렸다.

이실직고 초식을 구사하여 난관을 타개키로 작정한 것이다.

第五章
왈량도의 보물

포경선 선장은 해적 문신 확인과 신병 처리가 유보된 목탁을 일단 갑판 하부의 식량 창고에 넣어두라고 했다.

목탁은 선원들의 우두머리인 선장부터 공략하기로 하고 면담 신청을 했다.

선장은 체구는 크지 않지만 눈이 부리부리하고 어딘지 이국적인 풍모에 단단한 근육질의 사나이였다.

그는 큰 눈을 지그시 내리깔고 팔짱을 낀 채로 목탁 앞에서 있다.

어디 무슨 말이든 지껄여 보라는 거부와 무시의 전형적인 폼이었다.

목탁은 단도직입적으로 자신의 과거를 까발렸다.

"제가 철없던 시절에 해적질을 한 건 사실입니다."

목탁이 순순히 과거를 이실직고하자 선장의 한쪽 눈이 떠졌다.

"흠, 그럼 날이 밝는 대로 수장식을 거행토록 하겠네."

선장의 단호한 말에 목탁은 더욱 공손한 말투로 자신의 처형을 받아들였다.

"지은 죄가 크니 어찌 죽어도 할 말은 없습니다."

"강 포수는 목을 치자고 했지만 난 물고기들이 먹기 좋게 여러 토막을 쳐 줄 거야."

오금이 저리는 말을 선장은 아무렇지도 않게 내뱉었다.

하기야 뱃사람들이 생선 토막치고 포 뜨고 회 치는 일은 일상다반사이리라.

목탁은 처연함과 의연함 사이의 목소리로 대답했다.

"죽는 마당에 목을 치든 토막을 치든 제가 상관할 일은 아니죠."

"좋아, 깔끔해서 좋구먼. 마지막으로 남길 말은?"

지금이 기회이다.

이 순간을 살리지 못하면 다시는 햇빛을 보지 못하리라.

목탁은 갈고닦은 비장의 구설신공을 펼치기 전에 잠시 호흡을 골랐다.

"후우~ 제가 해적질을 하는 동안 노략질한 보물이 좀 있는데……."

"……."

목탁이 뜸을 들여도 선장은 별다른 반응을 보이지 않고 침묵을 지켰다.

목탁은 기대한 반응이 나오지 않자 조바심이 났다.

꿀꺽!

마른침이 목울대를 울렸다.

초조와 긴장으로 목탁은 피가 마르는 느낌이 들었다.

한동안 말이 없던 선장이 눈을 지그시 내리깐 채로 천천히 입을 열었다.

"나는 본디 지금은 조선, 옛 고려에서 온 사람일세. 조부께서는 고려의 무인이셨지. 최영 장군 휘하에서 용맹을 떨치던 장수이셨네. 이성계가 반역을 도모하여 최영 장군이 돌아가시자 조부께선 고향을 등지고 세상을 떠돌다 항주에 정착하셨네."

"아, 예, 그러셨군요. 어쩐지 풍모가 좀 남다르다 싶었습니다."

뜬금없는 선장의 집안 내력 설명에 목탁은 고개를 갸웃했다.

"조부께서 가장 존경하는 최영 장군의 좌우명이 뭔지 아나?"

"그, 글쎄요. 알려주시면 저도 가슴 깊이 새기겠습니다."

"황금을 보기를 돌 같이 하라!"

"……!"

멍~!

목탁은 할 말을 잃었다.

밤새 짱구 굴려서 완벽한 이야기 구성을 마치고 화려한 언변으로 승부를 보려던 계획이 한순간에 물거품이 되었다.

선장이 자리를 뜨자 목탁은 한숨을 들이쉬고 내쉬며 어찌 할 바를 몰랐다.

'하아, 세상에 황금을 마다하는 인간도 있다니…….'

목탁이 갇혀 있는 동안 갑판 위에선 갑론을박이 벌어졌다.

"아닌 말로 그놈이 해적이라 칩시다. 그래서 우리한테 돌아오는 게 뭐요?"

"맞아, 현상 수배된 놈이라 해도 현상금이 몇 푼이나 되나?"

"오십 냥이었지, 아마?"

"애들 엿값도 안 되는구먼."

"바다에 던져 버린다고 억울하게 죽은 마누라가 살아서 돌아오겠나?"

"그래, 그놈은 죄가 있어 죽인다고 칩시다. 그런데 보물이 무슨 죄가 있어 갇혀 지내야 한단 말이오?"

"맞습니다. 그 보물은 우리 같은 양민들이 노략질당한 것 아니오? 찾아내어 우리 같은 양민들에게 돌려주는 게 마땅하다고 봅니다."

뱃사람들은 눈에 핏발을 세우며 보물의 세상 귀환을 강력히 주장했다.

그들은 고려 출신 선장처럼 황금을 돌처럼 볼 생각이 전혀 없었다.

"그 보물이면 우리가 목숨 걸고 이 짓거리 안 하고 살 수 있는 거 아니요?"

"그뿐인가. 먼저 간 동료들 가족도 챙겨줄 수 있지."

"선장, 너무 자신만 생각하는 것 아니오?"

"선장도 당신 목숨 구하고 죽은 덕기의 마누라가 고생하는 걸 잘 알잖소."

"애들도 어린데, 우리가 안 챙기면 누가 챙기겠소?"

목탁이 숨긴 보물은 먼저 간 동료의 유족을 챙기는 보물이 됐다.

대세는 이미 기운 것이나 마찬가지였다.

이쯤 되니 선장도 보물을 마냥 돌처럼 대할 수 없는 입장이 되었다.

그렇다고 선장 체면에 소신을 한 방에 뒤집을 수도 없었다.

"다들 석년의 항주 사대 수로 정비 사업은 기억하시겠지?"

"알죠. 대현표국(大現票局) 출신으로 항주자사가 된 박명서(薄明鼠)가 그걸로 윗선에 점수 좀 땄죠."

항주는 물론 천하에 모르는 사람이 없는 일이다.

홍수에 대비하고 수로를 정비해서 물류 유통을 원활히 하고 항주를 발전시키겠다고 대대적으로 선전해 댔다.

결과는 수로 인근의 땅값만 청전부지로 올라서 하루벌이 서민들은 변두리로 밀려났고 성 재정은 바닥이 나서 파산 소동이 일어났다.

"그래서 항주가 새롭게 거듭났던가? 물길 정비한다고 혈세 수백만 냥을 사기 치고 새로 정비한 물길엔 수로 통행세를 부과했지. 삼십 년간 항주 성민의 혈세를 빨아먹기로 작정하고 성민들의 심장에 빨대를 꽂은 걸 다들 알잖나. 그 혈세가 어디로 가나? 그게 바로 자기 형의 아들, 자기 조카가 운영하는 맥리상운(麥李商運)의 젖줄 아닌가?"

"그거랑 해적이 약탈한 보물이랑 뭔 상관이요?"

"그래서 정일품 벼슬하던 그 형이 감옥에 가지 않았소?"

"엉뚱한 얘긴 접어두고 우리 보물 얘기나 합시다."

"일단 그놈을 끌고 와서 보물이 어디 있는지 알아봅시다."

모두들 빤히 아는 얘기지만 자신들이 취할 보물과는 상관없는 얘기였다.

선장은 시대를 통찰하고 현실을 직시하는 자신의 안목과 고견을 알아듣지 못하는 선원들이 안타까웠다.

"황금이 여기 있다, 저기 있다 하는 놈들은 죄다 사기꾼이란 말일세!"

"아, 그러니까 진짜 있는지 없는지 우리 눈으로 확인해 보자구요."

욕망에 붙은 불은 쉽게 사그라지지 않는 법이다.

선장이 이성과 도덕에 아무리 호소해도 소용없는 일이었다.

결국 목탁이 갑판 위로 끌려나왔다.

"소생이 푸른 해골 깃발을 드날리며 황해와 남해를 가로지르며 노략질한 건 사실입니다. 그 죄는 백번 죽어 마땅하다고 생각합니다. 죽는 마당에 누군가 그 보물을 찾아서 좋은 일에 써주신다면 소생은 더 이상 바랄 게 없습니다."

목탁은 준비된 이야기에 운율을 넣어 때로는 구성지게, 때로는 격하게 몸동작을 구사하여 뱃사람들의 탐욕에 기름을 부었다.

"보물은 주로 금과 은, 옥과 진주, 수정, 각종 도자기와 비단, 호피, 웅피, 담비 가죽, 해구신 등으로 종류는 일일이 열거하기가 힘듭니다."

뱃사람들이 가장 궁금한 건 보물이 숨겨진 장소와 보물의 양이었다.

"보물이 있는 곳은 어디며 그 양은 얼마나 되나?"

"보물의 양은……."

목탁은 잠시 기억을 더듬는 척하며 손가락을 꼽았다.

"처음에 연대, 다음에 청도, 내려오면서 소주, 명주, 항주, 보주, 나주, 석주… 음, 이 배보다 두 배 정도 되는 해적선으로 대략 서른 번 정도는 실어 나른 것 같습니다."

"서, 서른 번이나?!"

뱃사람들의 눈에서 광채가 번득였다.

"위, 위치는 어딘가?"

"그 보물은 왈량도 동남쪽 뱃길 따라 이백 리 지점에 위치한 작은 섬의 동굴에 고이 모셔져 있습니다."

"왈량도가 어디지?"

"작은 무인도인데 주변 해역엔 연어, 대구, 명태 등의 어류가 많으며 갈치, 꽁치, 꼴뚜기 등의 어종도 잘 잡힙니다. 섬에는 우물 하나에 분화구가 하나 있지요."

"가만, 왈량도는 왜구들 출몰이 잦은 지역인데……."

뱃사람들이 왜구를 두려워하는 기색을 보이자 선장이 말 사이를 비집고 들어왔다.

"왜구들은 잔인하고 흉포한데 공연히 남의 나라 영토에 위험을 무릅쓰고 들어갈 수는 없네."

보물이 아무리 좋아도 목숨보다 귀할 수는 없었다.

뱃사람들의 탐욕에 찬물이 끼얹어지자 목탁이 입술에 침을 발랐다.

선장의 발언에 대해서 목탁은 헛기침을 한 번 하고 현란한 구설신공(口舌神功)으로 맞섰다.

"험! 왜구는 왈량도가 자기네 땅이라고 우기며 출몰이 잦지만, 위서동이지(魏書東夷紙)에 보면 분명히 대한제국(大漢帝國)의 영토로 나와 있으며, 신라 출신 장군 장보고가 당나라 시절에 왜구를 소탕한 기록도인 대당해역도(大唐海域圖) 이십팔장 둘째 줄에 분명히 기록되어 있습니다. 따라서 왜구가 제아무리 자기네 땅이라고 우겨도 왈량도 인근은 모두 대명제국의 땅이 확실합니다."

목탁은 해적 시절에 본 대당해역도에 나와 있는 무인도를 기억해 내고 그럴듯하게 둘러댔다.

영토 침범 우려는 사라졌지만 왜구는 여전히 두려운 존재였다.

목탁은 저들의 우려를 불식시키기 위해 구설신공 제이 초식을 펼쳤다.

"소생은 그 지역을 수십 차례 운항한지라 물길을 손바닥 보듯 합니다."

"물길만 알면 뭘 하나, 왜구들이 나타나면 어쩔 셈인가?"

"왜구들은 주로 가을걷이 때 노략질을 하러 오는데 지금은 한여름입니다."

"그렇지. 지금은 위험하지 않겠어."

다시 탐욕의 불길이 치솟아 올랐다.

선장이 안간힘을 쓰며 진화에 나섰다.

"그럼 힘들게 잡은 저 고래는 어쩔 셈인가?"

"하하하! 오가는 뱃길에 식량으로 삼으면 충분하지요."

선장은 목탁의 구설신공 제이 초식을 견디지 못하고 쓰러졌다.

뱃사람들이 쓰러진 선장의 자존심에 연타를 먹였다.

"선장, 존심 접고 왈량도로 갑시다."

"부귀영화가 기다리는데 고래가 웬 말이오?"

"고래잡이 정리하고 이참에 해운 사업이나 구상합시다."

모두들 허파에 단단히 바람이 들었다.

괜스레 웃음이 슬슬 흘러나오고 저마다 가슴속에 묻어두고 있던 포부와 야망을 풀어놓았다.

"난 보물 챙기면 조선의 금강산을 한번 가보고 싶어."

"캬아, 조오치! 진시황이 꿈에도 그리던 곳 아닌가?"

"우리 아들놈은 쌍화점 하나 내고 싶다고 했는데 아예 고급 객잔을 하나 열어줘야겠어."

"난 마누라 소원인 계림 여행부터 갈 거야."

선장은 가슴이 답답해졌다.

이성이 마비된 친구들에게 논리적 설득은 약발이 안 듣는다.

"여보게, 강 포수. 자넨 어찌 생각하나?"

"생각하고 자시고 할 게 뭐 있습니까? 저놈 지금 살아보겠다고 천지분간 없는 헛소릴 지껄여 대는 겁니다."

"허허허! 이 판국에도 제정신 챙긴 사람이 하나는 있구먼."

귀를 쫑긋 세우고 둘의 대화를 엿들은 목탁은 정신이 아득해졌다.

'빌어먹을, 참기름 발라서 잘 넘어간다 싶었는데…….'

"걱정 마십쇼. 오늘 밤에 다들 잠들면 내가 저놈 목을 칠 겁니다."

"흐흐흐, 역시 믿을 사람은 강 포수밖에 없다니까."

선장은 흡족한 미소를 지으며 강 포수의 어깨를 두드려 주었다.

목탁은 모골이 송연해지고 식은땀을 줄줄 흘러내렸다.

선장의 미소가 목탁에겐 악마의 미소로 느껴졌다.

강 포수는 실행을 예고하듯 숫돌 앞에 걸터앉아 칼을 갈기 시작했다.

쓱싹쓱싹. 쓰으윽, 쓱.

"흐흐흥흥~"

강 포수는 콧노래를 흥얼거리며 칼을 갈았다.

목탁은 야차의 모습을 보는 기분이 들었다.

그동안 잘 돌아가던 잔머리가 회전을 멈췄다.

가슴이 벌렁거리고 눈앞이 캄캄했다.

숨이 막혀서 호흡마저 갑갑했다.

밤이 깊어지자 선원들은 저마다 부푼 꿈을 안고 잠이 들었다.

목탁은 멍한 모습으로 갑판 중앙 돛 기둥에 기대 앉아 있었다.

잠은커녕 시간이 지날수록 정신이 더욱 또렷해졌다.

보름달이 수면에 닿을 즈음, 강 포수가 목탁 쪽으로 슬금슬금 다가왔다.

강 포수의 손에 들린 식도에 달빛이 번득였다.

체념을 한 탓일까? 목탁은 별로 무서운 생각이 들지 않았다.

목탁의 옆에 쪼그리고 앉은 강 포수가 나직한 목소리로 말을 건넸다.

"아프지 않게 한 방에 끝내주마."

주르르.

목탁의 눈에서 소리 없이 눈물이 흘러나왔다.

"울지 마라. 목 치는 내 마음도 아프다. 자, 목 쭉 내밀고."

강 포수는 위로하면서도 집행을 늦출 생각은 전혀 없어 보였다.

목탁은 목을 길게 내밀고 땅이, 아니, 갑판이 꺼져라 한숨을 내쉬었다.

"파아!"

일어서서 칼을 치켜든 강 포수가 마지막 당부를 했다.

"해골 쪼개지면 곤란하니까 목을 잘 고정시켜라. 후우~"

잠시 호흡을 고른 강 포수가 삭도를 내려쳤다.

휘익!

"어?!"

강 포수는 자신의 눈을 의심했다.

분명히 단칼에 베리라 작심하고 힘주어 삭도를 내려쳤다.

그런데 의당 바닥을 굴러야 할 머리통이 보이지 않았다.

목탁은 그 자리에 그대로 앉아서 강 포수를 빤히 올려다보고 있었다.

강 포수는 잠시 오한이 들어 몸을 부르르 떨었다.

'나도 모르게 마음이 약해져서 비켜 쳤나?'

강 포수는 스스로를 의심했다.

다시 삭도를 치켜들고 호흡을 가다듬었다.

이번에는 실수 없이 깔끔하게 놈의 목을 치리라.

자신을 빤히 쳐다보는 목탁의 눈이 부담스러웠다.

"눈 감고 고개 숙여라."

목탁은 주문대로 얌전하게 고개를 숙였다.

삭도를 잡은 강 포수의 손에 땀이 배었다.

지금까지 삭도 쓰는 일이라면 이력이 나 있다.

아무튼 실수를 방지하기 위해서 손의 땀을 옷자락에 닦았다.

강 포수는 삭도 손잡이를 단단히 쥐고 이번엔 실수 없도록 삭도와 목의 거리를 다시 한 번 마음속으로 재면서 가늠했다.

"다음 생에 태어나면 좋은 일 많이 하도록 해라."

강 포수는 속으로 숫자를 셌다.

'하나, 둘.'

"셋!"

삭도가 빛의 속도로 목탁의 목을 내려쳤다.

이번엔 실수 없이 가늠한 대로 삭도를 내려쳤다.

그러나 목탁은 여전히 제자리에 앉아서 목을 늘어뜨리고 있다.

강 포수는 마치 귀신에 홀린 기분이 들었다.

분명히 삭도를 내려쳤다.

놈은 저항하거나 피하지 않았다.

그런데 상황은 변함없이 전과 동일하다.

'뭐, 뭐지?'

혼란스러워진 강 포수는 다시 삭도를 들어 올려 내려칠 생각을 하지 못했다.

목탁은 그런 강 포수를 무심한 얼굴로 쳐다보고 있었다.

뭔가 으스스한 생각이 들었는지 강 포수가 또 한 차례 몸을 부르르 떨었다.

땡그랑!

강 포수가 삭도를 떨구고 비틀거리며 몇 걸음 뒤로 물러서더니 휙 돌아서 저편으로 걸어가 버렸다.

비로소 목탁의 얼굴에 해맑은 미소가 떠올랐다.

'노털, 아니, 사부님! 감사드립니다.'

목탁은 진심으로 사부의 은공에 감사하고 또 감사했다.

지난 삼 년간 사부에게 얼마나 많이 맞고 피했던가?

고생 끝에 낙이 있다더니 피하는 기술이 자신의 목숨을 살렸다.

강 포수는 정확하게 목탁의 목을 노리고 내려쳤다.

그런데 어떻게 목탁은 멀쩡한 모습으로 살아 있을까?

느린 화면으로 상황을 재현하면 이해가 쉬울 것이다.

삭도가 내려오는 순간 목탁은 뒤로 재빨리 물러났다가 삭도가 지나간 다음 다시 제자리로 온 것이다.

그 과정이 너무 빨라서 눈으로는 도저히 분간되지 않으니 강 포수가 귀신에 홀린 기분이 드는 건 당연한 일이었다.

아까 강 포수가 삭도를 들고 다가설 때 목탁은 사부가 했던 말이 생각났다.

"당금 무림에서 네 몸에 칼 꽂을 인물은 다섯이 되지 않을 것이다."

사부의 말은 사실이었다.

처음엔 긴가민가했지만 피하는 거라면 일가견이 있지 않은가?

더 좋은 방법이 있다면 모르지만 달리 빠져나갈 방법도 없는 상황이다. 더구나 사부는 자칭 무림의 고수라 했고 강 포수는 뱃사람일 뿐이다.

조금 두려운 마음도 있었지만 어쩐지 느긋한 마음도 있었다.

'그래, 사부의 몽둥이를 피한다고 생각하자.'

각오를 다지고 목을 내놓고 강 포수의 삭도가 떨어지기를 기다렸다.

목탁은 강 포수의 호흡만으로도 삭도의 움직임을 느낄 수 있었다.

강 포수의 삭도가 내려오는 게 어찌나 느린지 기다리다 지칠 지경이었다.

놀라운 건 목탁의 눈에는 삭도의 움직임이 구분 동작으로, 아주 느린 화면으로 천천히 전개되다는 것이었다.

한 번 겪어보니 백번을 내려쳐도 다 피할 자신이 생겼다.

'이거 뭐야? 괜히 겁먹었잖아.'

선장은 강 포수가 삭도를 들고 목탁에게 갈 때부터 모두 지켜보았다.

그의 눈도 그 이상한 상황을 제대로 파악할 순 없었다.

처음엔 강 포수가 실수로 비껴 쳤다고 생각했다.

그런데 연속으로 실수하는 게 이해가 되지 않았다.

강 포수는 얼빠진 얼굴로 선장 앞에서 말을 더듬었다.

"아, 아무래도 나한테 뭐가 씐 것 같아요."

"나도 뭔가 이상하긴 한데 그게 뭔지는 모르겠어."

"저, 저놈, 귀신 붙은 놈 아닐까요?"

"글쎄, 어쩌면 그럴지도……."

선장과 강 포수는 밀려오는 한기에 으스스 몸을 떨었다.

그러나 젊은 시절 학구열이 높던 선장은 미신보다는 과학적 탐구 성향이 강했다.

"어쩌면… 저놈, 무공을 익힌 놈인지도 모르겠군."

"무, 무공이요?"

"그래, 강호의 무림인 중에는 상상을 초월하는 고수들이 있다고 들었네."

"그건 아닌 것 같은데요. 고수라면 왜 저렇게 고분고분하겠어요."

"글쎄, 어쨌든 한 번 죽이기로 했으니 마무리는 해야지."

"그, 그게… 어쩐지 꺼림칙한 기분이 들어서……."

강 포수는 목탁의 처형을 유보하는 쪽으로 기울었다.

그러나 선장은 한 번 뽑은 칼에 대한 원칙을 주장했다.

"사나이가 한 번 칼을 뽑았으면 도장을 파든 무를 썰든 결과가 있어야지. 이대로 물러나면 칼에 대한 예의가 아니지 않나?"

"그, 그게… 일에 따라서 가끔은 예외가 있을 수도……."

"우리 둘이서 같이 저놈을 처단하면 어떨까?"

"……."

선장의 제안에 강 포수는 선뜻 대답하지 못했다.

사람이라면 모르되 귀신이라면 상대하기 꺼림칙한 것이다.

강 포수는 목탁이 귀신이라는 생각이 들었다.

바다에 홀연히 거북이를 타고 나타났을 때부터 뭔가 정상이 아니었다. 아무래도 바다를 떠도는 원혼이 물귀신이 되어 나타난 것으로 여겨졌다.

"내가 먼저 공격하겠네."

"저, 전 별로 내키지 않는데요."

강 포수가 연합 공격을 사양하자 선장은 갑판 위를 서성거렸다.

서성거리던 선장이 생각을 정리했는지 선미에 쟁여둔 고래잡이용 작살을 손에 잡았다.

그즈음 목탁은 뱃전에서 여명을 지켜보며 상념에 빠져 있었다.

작살을 꼬나 쥔 선장이 목탁에게 소리침과 동시에 작살을 힘차게 던졌다.

"죽어라, 이놈!"

작살은 정확하게 목탁의 등짝을 노리고 날아갔다.

강 포수는 눈을 질끈 감으려다 한쪽 눈은 열어두었다.

쉬이익!

목탁은 선장의 고함 소리에 힐긋 고개를 돌렸다.

얼핏 놀라는 목탁의 표정이 강 포수의 눈에 잡혔다.

강 포수는 포수의 직감으로 끝났다고 생각했다.

그런데 생각은 생각일 뿐 현실은 아니었다.

강 포수와 선장이 본 장면은 분명히 작살이 목탁의 몸을 관통하는 것이었다.

그렇다면 다음 장면은 작살에 꼬치처럼 꿰인 목탁이 피를 토하고 버둥거리는 장면이어야 한다.

그런데 작살은 허공을 꿰고 날아가다 바다에 빠졌고, 목탁은 그 자리에 그대로 서 있다.

도저히 이해할 수 없는 일이었다.

강 포수의 몸이 사시나무 떨듯이 떨리기 시작했다.

'귀, 귀신이야. 놈은 사, 사람이 아니야.'

작살이 목탁의 몸을 관통했다면 가슴에 관통상이 있거나 다량의 출혈이 있어야 한다.

그러나 목탁은 멀쩡했고, 선장에게 포권을 하고 웃는 얼굴로 아침 인사까지 건넸다.

"선장님, 일찍 일어나셨네요?"

사시나무 떨 듯 몸을 떠는 강 포수가 더듬거렸다.

"서, 선장님, 저, 저놈, 사, 사람이 아니에요. 귀, 귀신이 틀림없……."

선장이 말을 더듬는 강 포수를 옆으로 밀치고 또 작살을 꼬나 잡았다.

"강 포수 자네도 작살 잡아!"

선장의 명령에 강 포수도 얼떨결에 작살을 손에 잡았다.

선장이 두어 걸음 앞으로 다가서며 소리쳤다.

"사람이든 귀신이든 피할 수 있으면 피해봐라!"

휘이익!

작살이 선장을 바라보고 서 있는 목탁의 가슴을 노리고 날아갔다.

목탁은 피하지 않았다.

아니, 피했지만 선장과 강 포수는 피하는 모습을 보지 못했다.

그들 눈에는 작살이 목탁을 상처 없이 관통하고 바다에 빠진 것으로만 보였다.

강 포수는 손에 든 작살을 던질 생각조차 못 했다.

"저, 저놈, 허깨비입니다! 사람이 아니에요!"

강 포수가 눈에 핏발을 세우고 입에 거품을 물자 선장도 이성을 잃었다.

"허깨비든 도깨비든 죽어라, 이놈!"

휘이익! 휘익! 휙!

선장은 작살을 손에 잡히는 대로 던졌다.

물론 작살은 단 하나도 목탁의 옷깃조차 스치지 못했다.

마침 잠에서 깨어 갑판으로 오줌 누러 나온 선원 둘이 그 모습을 보고 소스라치게 놀랐다.

"선장! 당신 미쳤소?"

"보물을 찾기도 전에 저 친구를 죽이면 어쩌자는 거요?"

"강 포수! 당장 손에 든 작살 내려놔!"

"대체 생각이 있는 거요, 없는 거요?"

일련의 소동으로 선장은 선원들의 신임을 잃었다.

선원 대표로 뽑힌 제일 연장자 선원이 선장에게 구두로 통보를 하였다.

"왈량도에서 보물을 챙겨 항주로 귀항할 때까지 선장은 일체의 권한을 행사할 수 없음을 통보합니다."

선원은 선장과 강 포수를 포함해서 모두 열아홉 명이었다.

선장과 강 포수 둘이서 열일곱 명을 당해낼 수는 없는 일이었다.

아울러 목탁의 안전은 선원 일동이 책임지기로 하였다.

*　　　*　　　*

가장 높은 돛대 위 망루에서 먼 바다를 살피며 망을 보던 선원이 다급한 목소리로 소리쳤다.

"비상! 해적선이다!!"

"왜구들이다!!"

곧바로 비상 고동이 울렸다.

뿌우우~! 뿌~!

"돛을 좌현으로!!"

"격군들은 전속으로 노를 저어라!!"

상선은 대양표국 깃발을 휘날리며 빠른 속도로 바다 위를 내달렸다.

하지만 상선은 덩치가 커서 몸이 둔했고 왜구들의 해적선은 작지만 날랬다.

상선의 격군들은 비 오듯 땀을 흘리며 사력을 다해 노를 저었다.

"영차! 어기어차!"

"영차! 어기어차!"

저들에게 잡히는 날엔 화물은 물론 목숨까지 내놓아야 한다.

그러나 해적선은 점점 거리를 좁혀왔고, 상선의 격군들은 녹초가 되었다.

사방 어디에도 구원의 손길은 보이지 않았다.

왜구는 먹이를 노리는 맹수처럼 집요하게 따라붙었고 선원들의 얼굴에 공포의 그림자가 짙어졌다.

시시각각 해적선과의 거리가 좁혀져 왔다. 그러나 선장은 포기하지 않았다. 수시로 하늘을 보며 알 수 없는 말을 중얼거렸다.

선장은 무언가 간절히 기다리는 모습이었다.

"선장님, 아무래도 화물을 버리고 배를 가볍게 해야 할 것 같습니다."

항해사의 다급한 주문에도 선장은 대답하지 않았다.

쫓고 쫓기는 추격전 끝에 이제 해적선과의 거리는 백여 장으로 가까워졌다.

사람의 형체가 분명히 구분될 정도의 거리였다.

거의 절망적인 순간에 선장이 벼락처럼 소리를 질렀다.

"왔다아!! 서풍이다아!!"

"돛을 모두 다 펼쳐라!!"

"살았다!"

"와아아!!"

선원들이 일제히 기쁨의 환호성을 질렀다.

커다란 돛이 모두 펼쳐지자 상선은 그야말로 바람처럼 바다 위를 질주했다.

상선의 돛은 튼튼하였고, 바람을 가득 안은 채 왜구들의 시야에서 멀어져 갔다.

닭 쫓던 개 신세가 된 왜구들이 아쉬운 입맛을 쩝쩝거릴 때, 서녘 하늘에 비낀 노을 속에서 작은 배 한 척이 나타났다.

왜구들에겐 꿩 대신 닭이었다.

그 배는 바로 목탁이 탄 포경선이었다.

*　　　*　　　*

좌아아아!

북서풍을 받은 배는 돛을 활짝 펴고 동남해의 왈량도로 향했다.

목탁은 천덕꾸러기에서 이제 보물 안내자로 위치가 격상되었다.

"하하하! 뭐든 필요한 게 있으면 말만 하게."

당연히 대접도 융숭하게 달라졌다.

먼저 삼 년간 입어서 나달나달한 넝마가 된 옷을 벗어던지고 새 옷을 챙겼다.

옷이 날개라고 의관을 정비하니 준수한 청년 문사처럼 보였다.

파도는 잔잔하고 바람은 순했다.

한낮이 되자 태양이 무쇠라도 녹여 버릴 것처럼 뜨거운 열기를 쏟아냈다.

저 멀리 범선의 깃발이 보였는데, 대륙에서 가장 큰 대양표국의 깃발이었다.

대양표국은 중원 천하는 물론 조선과 왜까지 넘나드는 초거대 표국이다.

목탁은 잠시 해적 시절의 추억이 떠올랐다.

'저런 상선 한 번 털면 노나는 건데.'

그들의 취급 품목은 고려청자와 분청사기, 인삼, 호랑이 가

죽 등 대부분 진귀하고 값나가는 것들이었으며 금지 품목인 서책과 마약, 화약까지도 공공연하게 취급했다.

장엄한 노을빛 속에서 목탁은 상념에 잠긴 모습으로 서 있었다.

'왈량도 부근 무인도에 진짜로 보물이 있으면 얼마나 좋을까?'

第六章
죄는 미워도

포경선의 선원들은 아직 왜구들이 탄 해적선을 발견하지 못했다.

선원들은 보물의 운송과 분배에 대해서 진지하게 고민하고 있었다.

"일단 보물을 챙길 만큼 챙기고 나중에 큰 범선을 열 척 정도 마련해서 다시 오자고."

"내 생각엔 무엇보다 비밀 유지가 중요하다고 봐요."

"맞아, 괜히 보물 소문이 나면 개나 소나 다 달라붙을 게 뻔하지."

“하긴, 범선 열 척을 구입하면 소문이 안 날 수가 없지.”

“관부에서 끼어들면 골치 아픈데.”

“소문 안 나게 보물을 챙겨오는 것도 쉬운 일이 아닐세.”

“어쨌든 호강할 일이 머지않았다고 생각하니 난 먹지 않아도 배가 든든해.”

“하하하! 그건 나도 그래.”

목탁은 그들의 꿈이 이뤄지기를 진심으로 바랐다. 진심으로 그들이 호강하며 행복하게 살기를 빌었다.

자신도 부자 되는 꿈을 안고 밀무역을 하려고 하지 않았던가?

그러나 이뤄지기 어려운 꿈이란 걸 알기에 미안한 마음이 들었다.

‘진짜로 해적들이 보물을 감춰둔 보물섬이 있으면 참 좋을 텐데.’

이런저런 고민을 하는 목탁의 모습은 어찌 보면 사색에 잠긴 고승의 모습 같기도 하고 성현의 도를 행하는 군자의 모습 같기도 했다.

선원들의 눈에 목탁은 복덩어리였다.

“어, 어, 어…….”

왜구의 배를 발견한 막내 선원 유기송이 눈을 크게 뜨고 말을 잇지 못했다.

그가 가리킨 손가락 방향을 본 선원들의 심장이 잠시 얼어붙었다.

"왜, 왜구… 해, 해적들이……."

모두들 정신이 아득해져 허둥대기만 할 뿐 어쩔 줄 몰라 했다.

보물은 고사하고 모두 해적들의 노예가 되거나 죽을 일만 남았다.

비상 상황이 되자 지휘 경험이 풍부한 선장이 나섰다.

"강 포수! 작살에 묶은 밧줄부터 끊어!"

강 포수가 곧바로 지시를 이행하는 동안 선장의 지시가 계속 떨어졌다.

"기송이는 돛 올리고, 모두들 정신 챙기고 노 잡아!"

선원들은 일사불란하게 자리를 잡고 노 저을 태세를 갖췄다.

목탁도 제일 뒷자리에 앉아서 노를 잡았다.

선장은 망설임 없이 노련한 뱃사람답게 신속하게 지휘했다.

"북서풍이니까 선수를 우현으로!!"

"선수 우현으로!!"

선원들이 선장의 지시 뒤 구절을 복창하며 노를 저었다.

배를 우현으로 돌려서 북서풍을 받으면 온 길로 돌아가는 것이지만 그 길이 살 길이니 어쩔 수 없는 선택이었다.

사지를 벗어나야 한다는 절박감에 모두 일심동체가 되었다.

"어기여차!"

"어여라디라!"

선장이 선창을 넣으면 선원들이 후렴을 맞췄다. 수십 년 합을 맞춘 호흡이라 배는 선원들과 한 몸처럼 움직였다.

포경선은 낼 수 있는 최대한의 속력으로 바다 위를 내달렸다.

촤아아아!

포경선은 쉼 없이 힘차게 물살을 가르며 달렸지만 해적선과의 거리는 좀처럼 멀어지지 않았다.

왜구들의 배는 빠르고 날렵했다.

선원들의 얼굴에서 비 오듯 땀이 흘러내렸다.

저 멀리 아까 지나쳐 온 무인도가 보였다.

"무인도를 우회한다!"

"무인도 우회!!"

선장이 우회를 명하자 배는 지체 없이 돛의 방향을 조정하면서 무인도를 우회하기 시작했다.

선장은 무인도를 이용해서 왜구들을 떨쳐낼 계획을 세웠다.

포경선은 크기가 작아 회전이 용이해 섬을 돌면 되지만 덩치가 큰 해적선은 포경선처럼 돛의 방향을 쉽게 바꾸기 어려워 돛을 내리고 노의 힘만으로 섬을 돌아야 한다.

"돛의 각도를 좀 더 열고, 그렇지, 다시 원위치!"

선장은 노련한 뱃사람답게 풍향과 배의 기울기와 속도, 돛의 상태를 고려해 정확하게 지시를 내렸다.

역시 노련한 선장만이 구사할 수 있는 바다의 지혜였다.

선장의 작전은 주효했다.

해적선과의 거리가 눈에 띄게 벌어지기 시작했다.

"하하하! 됐어! 거리가 벌어진다!"

"으허허! 약 오르지, 왜구들아!"

"역시 뱃사람은 선장을 잘 만나야 한다니까!"

"선장님, 바다의 왕자십니다!"

모두들 안도의 한숨을 내쉬며 선장의 전략을 치하했다.

무인도를 절반쯤 돌았을까?

난데없는 북소리가 바다를 진동시켰다.

둥둥둥둥!!

"왜, 왜구들이다!!"

"서, 선수를 돌려!"

섬의 반대편에선 보이지 않는 곳에 두 척의 왜선이 숨어 있었다.

매복하고 있던 왜선이 곧바로 포경선을 향해서 오고 있다.

해적선이 포경선의 좌우에서 달려들었다.

피할 겨를이 없을 만큼 가까운 거리였다.

선원들 머릿속에 해적들에게 도륙당하는 아비규환이 그려졌다. 왜구들은 도깨비처럼 얼굴에 붉은 칠, 검은 칠을 한 놈들이 많았다.

포경선과 왜선의 거리가 건너뛸 수 있을 만큼 가까워졌다.

"아뵤오~"

칼을 입에 문 왜구 한 놈이 밧줄을 타고 포경선으로 날아오는 게 보였다.

강 포수가 지체 없이 작살을 날렸다.

쉬이익!

강 포수가 날린 작살은 정확하게 날아오던 왜구의 배에 박혔다.

"크아악!"

첨벙!

그 모습을 본 왜구들이 흥분해서 날뛰더니 댓 놈이 동시에 날아왔다.

"야츠게로(죽여라)!"

"아뵤오!!"

그러나 이쪽은 모두 작살엔 일가견이 있는 고래 사냥꾼들이다.

날아오는 왜구들을 노리고 선원들의 작살이 허공을 날았다.

쉬이익! 휘익!

"커컥!"

"크윽!"

"어억!"

날아오던 왜구들은 모두 고래잡이 포수들의 작살에 꽂혀 이승을 하직했다.

동료들이 작살 맞고 추풍낙엽처럼 바다로 떨어지자 왜구들이 주춤했다. 그러나 왜구는 많고 작살은 금방 동이 날 터였다.

작살을 던지는 선원들의 표정은 비장했고, 이미 죽음을 각오한 모습이었다.

"염병! 내 팔자에 호강 한번 해보나 했더니."

"젠장! 보물과 목숨을 맞바꾸는 꼴이 돼버렸구먼."

"보물은 못 챙기는 대신 저놈들 목이나 실컷 챙겨야겠네."

선원들의 탄식에 선장은 자신이 옳았음을 내세웠다.

"내가 뭐랬어! 팔자에 없는 복을 바라면 마가 끼는 법이라고!"

"예미럴! 선장 말 들었으면 고래 고기나 실컷 먹었을 텐데."

"선장, 저승 가면 또 같이 고래 잡읍시다."

목탁은 진심으로 미안하고 후회스러웠다.

보물 이야기를 꺼낸 자신이 저들을 사지로 끌고 온 것이다.

보물 이야기만 없었다면 저들은 고래 잡은 걸 갖고 포구로 갔을 것이다.

목탁은 자책감으로 가슴이 아렸다.

"아, 씨, 사부가 선을 베풀고 착하게 살라 했는데……."

이대로 가면 선원들은 물론 자신도 오늘이 제삿날이다.

바로 그때, 왜구 하나가 자신을 향해 날아오는 모습이 보였다.

순간, 목탁의 머리를 퍼뜩 스치는 생각이 하나 있었다.

'그래, 왜구들의 칼을 피하는 거야!'

목탁은 날아오는 왜구를 피하며 왜구가 타고 온 밧줄을 잡고 허공을 날았다.

슈우우~

목탁과 같이 밧줄에 매달린 꼴이 된 왜구는 어안이 벙벙한 모습이다.

목탁은 왜선 위로 뛰어내렸다.

왜구들이 볼 땐 얼빠진 놈이 죽여 달라고 찾아온 꼴이다.

하지만 목탁은 나름 믿는 구석이 있었다.

"두목이 누구냐? 앞으로 나와라!"

당당하게 소리치는 모습에 왜구들이 고개를 갸웃했다.
무슨 말인지는 몰라도 기세가 당당하지 않은가?
이건 누가 봐도 정상이 아닌 미친놈이 분명했다.
고개를 갸웃거리긴 포경선의 선원들도 마찬가지였다.
"저길 어떻게 날아서 올라갔지?"
"진짜 무공을 한가락 하는 것 같은데?"
"왜구가 백 명이 넘는데 미쳤구먼."
강 포수는 목탁이 왜구를 잡아먹는 물귀신이길 진심으로 빌었다.
목탁 가까이 선 왜구가 목탁의 가슴에 칼을 겨눴다.
목탁도 품에서 사부의 유품인 삼초절검을 꺼내 들었다.
두 뼘 남짓한 몽당 검을 보고 왜구들이 코웃음을 쳤다.
"크크크, 사시미보오(회칼이냐)?"
코웃음 치던 왜구가 곧바로 목탁의 가슴을 찔렀다.
그런데 눈앞의 목탁은 빙그레 웃고 있었다.
"커억!"
비명을 지른 건 목탁 바로 뒤에 서 있던 뻐드렁니가 심한 왜구였다.
당황한 그는 목탁에게 달려들며 사선으로 장도를 내리그었다.
"커억!"

이번에는 옆에 있던 광대뼈의 가슴이 사선으로 그어졌다.

목탁은 가슴을 움켜쥔 채 피를 흘리는 광대뼈를 위로했다.

"아프지? 내 마음도 아프다."

두목으로 보이는 자의 표정이 일그러졌다.

뭔지는 모르지만 보통 놈이 아닌 건 분명하다.

"저놈을 한꺼번에 찔러라!"

왜구들이 일제히 목탁을 노리고 검으로 찔러왔다.

목탁이 스치고 지나가는 길목에 서 있던 짝귀 왜구의 가슴에 다섯 자루의 검날이 박혔다.

눈을 크게 뜬 그는 제대로 비명을 지르지도 못했다.

"끄으으……."

동료를 찌른 왜구들은 당혹감으로 어쩔 줄 몰라 했다.

목탁은 눈을 뜨고 절명한 그의 곁으로 다가가 손으로 그의 눈을 감겨주었다.

"내세에는 부디 좋은 나라에 태어나시길. 아미타불!"

열 받은 두목이 자리를 박차고 달려나왔다.

"고노야로(이놈)!"

위풍당당한 체구의 두목은 날이 넓적한 도끼를 거침없이 휘둘렀다.

두목은 힘이 넘쳤고, 도끼날은 햇빛을 사방으로 분산시키며 허공을 갈랐다.

"이요오오!!"

후이익!

"으아아아아!"

목탁이 슬쩍 비켜난 자리에 있던 왜구가 자신의 잘려 나간 팔이 바닥에 뒹구는 걸 보고 비명을 질러댔다.

그래도 두목은 개의치 않고 무지막지하게 도끼를 휘둘러 대며 목탁을 노렸다.

목탁이 움직이는 방향의 왜구들마다 팔이나 허벅지가 잘렸다. 등짝에 도끼가 박힌 왜구도 벌써 여럿이 되었다.

그래도 두목의 광폭한 도끼질은 멈출 줄을 모르고 허공을 갈랐다.

이렇게 되자 왜구들은 목탁이 다가오면 죽어라 피했다.

"으아아아아! 이쪽으로 온다!"

"피, 피해라!"

풍덩! 풍덩! 첨벙!

살려고 목탁을 피하다 바다에 빠지는 자도 부지기수였다.

뚜껑이 열린 두목은 분을 삭이지 못하고 목탁에게 도끼를 던졌다.

"뒈져라, 이놈!"

"커어억!"

이번에도 도끼를 맞고 비명을 지른 건 역시 왜구였다.

보다 못한 부두목이 나름대로 현명한 지시를 내렸다.

"아미오 나게루(그물을 던져라)!"

휘익! 휙!

곧바로 목탁의 머리 위로 그물이 펼쳐졌지만 걸린 건 모두 왜구들이었다.

목탁은 잡히지 않는 바람이고 그림자였다.

그물이 다시 던져지고, 표창을 날리고, 창으로 찌르고, 칼로 베어도 목탁은 여전히 유유자적하며 갑판 위를 돌아다녔다.

포경선에서 그 모습을 지켜본 선원들은 입을 딱 벌렸다.

"하아, 이제 보니 저 친구 엄청난 고수였어."

그들 눈에는 목탁이 왜구들을 바다로 차 넣고 팔다리를 베는 걸로 보였다.

목탁은 바로 소문으로만 듣던 무림의 고수가 분명했다.

"무림의 고수들은 일당백이라더니 그 말이 사실일세."

"그러게. 왜구들이 말 그대로 추풍낙엽일세."

"꼼짝없이 죽었다고 생각했는데 어쩌면……."

목탁은 선원들의 희망과 구원이 되었다.

반 시진도 못 되어 왜구는 절반이 심각한 중상을 입었고, 삼분의 일은 바다에 빠졌으며, 그물에 갇혀 끙끙대는 왜구는 일곱 명이었다.

목탁은 여전히 왜구들 사이를 휘젓고 다니며 공격을 유도했다.

왜구들은 이제 공격하기를 주저했다.

열심히 찌르고 베었는데 모두 자신의 동료를 해친 까닭이다.

갑판 위에 사지가 멀쩡한 왜구는 두목을 포함해서 불과 다섯이었다.

분기탱천한 두목이 맞은편 왜선에 대고 고함쳤다.

"뭘 보고 있는 게야! 이리 와서 다 달라붙어!"

두목의 고함에 지켜보고만 있던 왜구들이 밧줄을 타고 우르르 날아왔다.

목탁은 지금까지 피하기만 할 뿐 공격은 물론 막지도 않았다. 어차피 공격 초식은 배우지 않아서 공격할 생각도 하지 않았다.

왜구들끼리 찌르고, 잘리고, 찍히는 모습을 보니 마음이 아팠다.

바다가 아니고 땅이라면 내가 도망치면 되는데…….

'아! 그만 좀 공격해라, 왜구들아.'

사부는 인자무적을 강조했다. 그래서 피하기만 했는데 저들은 죽고 다치고 엉망이다.

사부는 분명히 죄는 미워도 사람은 미워하지 말라고도 했다. 저들이 비록 왜구라 해도 어엿한 산 생명이다.

'내가 저들을 위해서 할 수 있는 일은 뭘까?'

"크아아아아!!"

목탁이 그들을 위해 고민하는 동안 왜구들이 괴성을 지르며 달려들었다.

목탁은 자신을 향해 달려오는 왜구들을 하나씩 발로 차서 바다에 빠뜨렸다.

목탁이 생각해 낸, 그들의 생명을 보존시키며 효과적으로 왜구들의 공격을 무력화시키는 최선의 방법이었다.

퍼억! 퍽!

풍덩! 첨벙!

왼뺨에 칼자국이 깊게 파인 왜구 하나가 쇠사슬을 휘두르며 다가왔다.

그는 뺨에 패인 칼자국만큼이나 눈도 깊이 파여 마치 강시의 눈을 보는 것처럼 섬뜩한 느낌이 들었다.

쇠사슬이 내는 날카로운 파공음은 듣기만 해도 소름이 끼쳤다.

처음엔 느릿하게 돌던 쇠사슬에 점차로 가속도가 붙었다.

쉬이익! 쉬익!

쇠사슬은 이제 무시무시한 속도로 회전했다. 무엇이든 닿기만 하면 잘려 나갈 것처럼 보였다.

포경선의 선원들은 손에 땀을 쥐고 그 광경을 지켜봤다.

세상에서 제일 재미있는 게 싸움 구경, 불구경이라고 했지만 그건 자신들의 목숨이 안전할 때의 이야기였다.

지금까지는 목탁의 놀라운 활약에 일말의 기대감을 가졌다. 그러나 왜구의 무시무시한 공격은 갈수록 위기감을 고조시켰다.

지켜보는 선원들의 목에 침이 마르고 꽉 쥔 손에선 진땀이 배어나왔다.

"어휴, 난 간이 오그라들어서 못 보겠어."

그러나 목탁은 의외로 여유가 있어 보였다.

목탁은 쇠사슬이 가까이 다가오기를 기다렸다.

쇠사슬의 사정권에 들어서는 순간 목탁이 슬쩍, 그러나 아주 빠르고 정확하게 발끝으로 쇠사슬 끝을 튕겼다.

그 미세한 발놀림이 회전각을 변동시켜 쇠사슬을 휘두르던 왜구의 몸에 쇠사슬이 감기게 만들었다.

촤르륵! 탓!!

사슬에 몸이 감긴 왜구는 팔을 쓰지 못하는 상황이 됐다.

목탁이 다가가 그의 옆 발목을 가볍게 툭 걷어차니 왜구의 몸이 제자리에서 한 바퀴 빙글 돌았다.

"우어어어!"

쇠사슬에 감긴 채 회전하는 왜구는 어찌할 바를 몰랐다.

자신의 힘으로는 회전을 멈출 수가 없었다.

회전이 멈추기 직전에 목탁이 같은 부위를 발로 찼고, 왜구는 계속 돌았다.

목탁의 발길질은 간결하고 빠르며 정확했다.

탓! 탓! 탓!

"우워어어어어!"

그것은 비명을 지르며 돌아가는 물레방아였다.

인간 물레방아가 돌아가는 모습에 모두들 넋을 잃었다.

고래잡이 선원들도, 왜구들도 그런 진풍경은 처음이라 흥미로운 모양이다.

목탁은 입을 헤 벌리고 보고 있는 한 왜구의 발목을 또 걷어찼다.

타앗!

입을 헤 벌린 왜구는 15도 정도 기운 기울기로 돌았다.

핑그르르.

해적선 갑판 위에 두 개의 물레방아가 돌아가는 풍경은 볼만했다.

얼핏 보면 선상 위에서 예술 공연을 하는 것처럼 보였다.

포경선의 선원들은 절묘한 인간 회전에 감탄을 금치 못했다.

타타타타!

"야아, 머리털 나고 이런 신기는 처음일세."

"햐아! 사람을 경극기예단이 접시 돌리듯 하는구먼."

"저거 예술이네, 예술이야."

"솜씨 좋은 화공이 있으면 저걸 그려서 후세에 전하고 싶구먼."

타앗!

목탁은 물레방아 도는 걸 신기한 듯 바라보고 있는 어리바리한 왜구 하나를 또 차서 돌렸다.

"우와아아! 또 돌렸어! 물레방아가 셋이야!"

절해고도에서 목탁은 처음엔 사부의 몽둥이를 온몸으로 맞았다.

처음엔 단 한 대도 피하지 못했지만 차츰 피하는 횟수가 늘어났다. 피할 수 없는 매는 손과 발을 이용해서 막았다.

사부의 몽둥이는 변화무쌍하게 목탁을 찌르고 내려쳤다.

나중엔 나뭇가지를 들고 방어하는 것까지 해냈다.

"흘흘, 막을 줄 알면 공격은 모두 무용지물이란다."

사부는 끝까지 공격 초식은 일 초식도 가르쳐 주지 않았다. 그러나 목탁은 모든 공격 방식을 온몸으로 체득하여 어느 각도의 공격이든 효과적으로 피할 수 있었다.

"삼 초가 전부다!"

사부는 아무리 변화무쌍한 초식이라도 삼 초의 변형이라고 말했다. 다시 말해 삼 초만 막으면 모든 초식을 파훼할 수 있다는 것이다.

믿거나 말거나 사부는 그렇게 말했다.

"삼라만상의 모든 색은 삼원색이다. 만물의 이치도 삼위일체이다. 천하 도검은 삼 초면 파훼된다."

목탁은 삼 초에 뭐가 파훼되는지 모르지만 어쨌든 맞지 않으려고 혼신의 힘을 다해 구르고 달리고 피했다.

삼 년간 암벽을 오르내리는 동안 팔다리의 근육은 강철처럼 강해졌다.

몸은 새털처럼 가볍게 움직일 수 있게 되었다.

처음 일 년은 피하는 데 전력을 기울였다.

열심히 피하다 보니 사부의 공격 방식이 어느 정도 눈에 들어왔다.

사부의 공격은 예측 불허, 무지막지했지만 목탁도 맞지 않으려고 기를 쓰고 피했다.

어느 정도 피하는 요령이 생기자 막는 수련이 시작되었다.

"막을 수 있다면 상대를 제압할 수 있다. 자고로 공격은 삼, 방어는 일의 힘이면 충분하다. 결국 공격자가 먼저 지치게 되어 있는 법이다."

마지막 일 년간 사부는 집요하게 하체 공격만 해댔다.

사부는 하체가 튼튼해야 보법 운영이 자유롭다고 했다.

그 이유는 두 가지라고 했다.

"보법이 곧 검법이고 진법이다."

라는 사부의 이론 때문이었다.

모든 공격은 하체가 안정되어 있어야 실효를 거둘 수 있으며 하체 수련이 곧 무예 수련의 절반이라고 했다.

또 하나, 사부가 허용한 유일한 공격 수단은 각법이었다.

"다리의 기능은 두 가지다. 첫째, 튈 수 있다. 병법의 마지막 단계인 36계가 줄행랑임을 명심해라. 둘째, 튈 수 없으면 막아야 하고, 막기 어려울 땐 발로 차라!"

사부가 줄행랑을 얘기할 때 목탁은 이건 아니라고 생각했다.

솔직히 건달 시절에 상대 앞에서 도망치는 건 치욕이라고 생각했다. 그런데 명색이 무림인이라는 사부가 튀라는 말을 했을 때 실망이 컸다.

사내대장부가 싸우다 튄다면 다시는 그 상대를 고개 들고 똑바로 마주 보기 어려운 법이다.

건달들도 그러한데 무림인이 줄행랑친다면 말이 되겠는가?

목탁은 사부의 방식이 이해가 되지 않았다.

진짜 무림인이 맞는지 간혹 의심이 들기도 했다.

"처음부터 공격하면 안 되나요?"

"인자무적이라고 했다. 공격할 수 있음에도 튀는 것이 어진 일이니라."

"상대가 그걸 어질다고 생각할까요? 겁먹고 도망친 걸로 여기겠죠."

사부의 말대로 싸울 때 인자무적 어쩌고 한다면 맞아 뒈질게 뻔하다.

목탁은 사부의 이론에 전혀 동조하거나 공감할 수 없었다.

"싸울 때 도망치는 건 황당무계 초식인가요?"

"흘흘, 튀는 건 줄행랑이지. 좌우간 싸우지 않고 이기는 게 최고의 승리다. 부전승이 최고란 걸 명심해라."

"상대가 굴복해야 이긴 거지, 도망치면 밑으로 보고 비웃죠."

목탁은 이럴 때면 아무래도 사부가 맛이 간 게 분명하다고 생각했다.

또 한편 섬에서 고립된 지 오래되어 사부가 세상물정을 잘 모르는 탓이라고 생각했다.

"싸움에서 이기려면 선빵이다!"

선빵은 말하지 않아도 건달들 싸움의 불문율이다.

싸움은 무조건 선빵이고 기선 제압이란 걸 건달들도 다 안다. 기 싸움에서 눌리면 그 싸움은 십중팔구 진다고 봐야 한다.

그래서 건달 이삼사는 어깨에 각 주고 눈깔에 힘주는 걸 열심히 연마했다.

"이기는 것보다 중요한 게 지지 않는 것이다."

"사부님, 비기면 본전인데 누가 본전치기 장사를 해요?"

목탁은 사부의 이치에 닿지 않는 억지에 코웃음을 쳤다.

그때 사부는 웃으며 이렇게 말했다.

"흘흘흘, 장사 중에 본전치기가 젤 좋은 장사란다. 장사란 본디 나의 이익만을 추구한다고 생각들 하지만 아니지. 장사는 상호 이익이 되어야 하는 것이야. 그러니까 밑지는 게 젤 좋아. 밑져야 본전이란 말도 있잖냐?"

목탁은 그때 사부의 말을 개풀 뜯어 먹는 소리쯤으로 여겼다.

어느 미친놈이 본전치기하려고 장사를 한단 말인가?

게다가 밑지는 게 본전이라니 아무래도 정상이 아니었다.

한 푼을 보고 십 리를 뛰는 게 왕서방이라고 했다.

누구든지 노름을 하면 딸 때도 있고 잃을 때도 있는 법이다. 그러나 건달 이삼사는 돈을 잃으면 배가 아파서 때굴때굴 구르며 잠을 못 잤다.

"이기면 상대의 원망을 들을 수도 있어. 지는 게 맘 편하고 비기는 게 제일 공평해."

목탁이 물레방아를 돌리며 사부의 말을 잠시 되새겨 보았다.

건달 이삼사는 싸움이든 노름이든 지면 분해서 반드시 복수혈전을 계획했다.

'그때 사부는 왜 그런 터무니없는 말을 했을까?'

목탁은 사부의 말이 이해가 닿지는 않았으나 사부 덕분에 목숨을 보전하고 있으니 사부의 말을 모두 무시할 수도 없었다.

사부 말대로 피하기만 해도 상대가 알아서 찔리고, 베고, 찍고, 날려갔다.

추이를 관망하던 두목이 도끼를 다잡아 쥐고 공격 작전을 하달했다.

"3인 1조가 되어 놈을 친다!"

왜구들이 나름대로 세 명씩 조를 맞추고 공격 대기했다.

"죽여 버리겠다! 빠드득!"

"해골을 뽀개 버리겠다!"

"무조건, 반드시, 기필코 죽인다아!!"

왜구들은 하나같이 이를 갈고 욕을 씨부리며 손에 잡은 무기를 흔들어댔다.

동료의 복수를 꿈꾸는 살기등등한 부하들의 모습에 두목은 흡족했다.

"1조! 공격 개시!"

두목이 공격 개시를 외치자 왜구 셋이 목탁에게 달려들었다.

목탁은 맨 처음 돌린 칼자국 물레방아를 달려드는 왜구들 쪽으로 차 보냈다.

타앗!

휘이이잉!

칼자국 물레방아가 고속으로 회전하며 달려드는 왜구들에게 날아갔다.

고속 회전하는 인간 물레방아에 맞은 왜구들이 다양한 모습으로 튕겼다.

퍼억! 티팅! 쿵!

헤 벌린 물레방아와 마지막 어리바리 물레방아가 동시에 왜구들을 덮쳤다.

왜구들은 비명을 내지르며 쓰러지고 피하기 바빴다.

두 개의 물레방아가 왜구들을 날리고 회전하며 바다로 빠졌다.

"으아아아아!"

"으아악!"

첨벙! 풍덩! 촤아!

그 모습을 보고 포경선의 선원들은 만세 삼창을 외쳤다.

이제 살 수 있다는 안도감에 목이 터져라 외쳤다.

"만세! 만세! 만만세!"

물레방아에 맞은 왜구 십수 명이 힘 한 번 못 쓰고 순식간에 바다에 빠지자 공격하려 대기하던 왜구들은 바짝 겁을 집어먹었다.

그 누구도 눈치만 살필 뿐 더 이상 함부로 달려들지 못했다.

두목이 검을 높이 들고 소리를 질렀다.

"저놈을 토막 쳐서 물고기 밥으로 만들어라!"

왜구들은 두목의 명령에도 불구하고 선불리 움직이지 않았다.

명령이 안 먹히자 두목이 직접 도끼를 휘두르며 돌진해 왔다.

"아라라라라!"

목탁은 슬쩍 옆으로 비켜서며 발길질을 했다.

별로 힘들이지 않은 가벼운 발놀림이었다.

슛!

그런데 두목의 몸이 새처럼 갑판 위로 십여 장 날아올랐다. 아마도 달려오는 두목의 가속도를 이용한 발차기인 것 같았다.

목탁이 발로 차는 모습은 누구도 못 봤다.

두목은 자신이 왜 하늘로 올라가는지 그 이유를 몰랐다. 그가 느낀 건 어쩐지 허전하다는 느낌 정도였다.

최고 상승 점에서 잠시 정지 후 추락이 시작되었다.

츄우~

두목은 눈을 질끈 감았다.

자신의 육체적 노력으로는 중력에 의한 물체의 추락을 이겨낼 수 없다.

그렇다면 이를 악물고 각오를 다져야 한다.

'어쩌면 이 순간이 생의 마지막인지도… 어?!'

갑판 충돌 일보 직전에 허공에서 두목의 하락이 멈췄다.

자신의 죽음이나 최하 전치 6개월 정도의 중상을 예상하던 두목은 놀랐다.

좀 더 정확하게 말하면 추락하는 두목의 엉덩이를 목탁이 발등으로 가볍게 받은 것이다.

보통의 경우라면 추락하는 사람과 받는 쪽 모두 극심한 충격과 부상을 입는 게 일반 상식이다.

그런데 두목이 미세한 통증 하나 느끼지 않는 부드러운 받기였다.

마치 부드러운 솜 방석 위에 살짝 닿는 것 같은 느낌이다.

어린 시절 감나무에서 떨어져 마빡이 깨진 경험이 있는 두목은 전율을 느꼈다.

부르르르~

'이자는 어마무시한 고수다!'

두목은 상대가 자신의 상대가 아님을 확실하게 느꼈다.

가슴속 깊은 곳으로부터 존경심이 마구 솟구쳐 올랐다.

두목은 왜구의 특성대로 강자에겐 확실하게 꿇을 줄 알았다.

"오야붕(두목)!"

두목이 발길질 한 방에 당하자 부하들은 서로 겁먹은 얼굴로 바라보며 어찌할 바를 몰랐다.

부두목이 손에 든 무기를 버리고 무릎을 꿇자 약속이나 한 듯이 따라 했다.

"오야붕!"

第七章
해적왕

목탁은 투항한 왜구들을 무장 해제시키고 모두 밧줄로 결박하였다.

맨 처음 포경선을 추격해 오던 왜선은 더 이상 다가오지 않았다. 추격하던 왜선은 동료 선박 두 척에 백기가 올라가자 한동안 지켜보다 어디론가 사라졌다.

왜구들에게 잡혀서 해적선 노역을 하던 뱃사람이 몇 있었다.

그들은 갑판 하부에서 노를 젓거나 잡부 일을 하고 있어서 목탁의 활약상을 볼 수는 없었다.

그러나 좁은 배 안에서의 소문은 번개처럼 빠르다.

"탁 차면 사람이 팽이처럼 돌아버린대."

"팽이는 옆으로 돌지. 이렇게 도니까 물레방아여."

"두목을 제기차기로 탁 차올려서 항복시켰대."

"어떤 놈은 슥 지나쳤는데 그냥 캑 피를 토했다는군."

"그건 약과여. 눈빛에 쏘이고 죽은 놈도 있는걸, 뭐."

물레방아 신기는 물론, 두목을 제기차기했는데 그게 양발로 차는 으지자지인지, 바닥을 딛고 차는 땅강아지로 찼는지, 바닥을 안 딛는 헐랭이로 찼는지에 대한 논란까지기 더해졌다.

목탁이 스치고 지나치기만 해도 왜구들은 피를 토하고 쓰러졌고, 어떤 왜구는 예리한 안광에 쏘이고 바다로 날아갔다고도 했다.

어쨌든 하늘이 왜구들의 노략질을 응징하려고 천하제일고수를 내려 보낸 것이 분명했다.

선원들과 왜구에게 잡혀서 노역을 하던 사람들에게 목탁은 신이었다.

보물을 챙기려 해도 왜구가 두려웠는데 이제 두려울 게 없지 않은가?

바다는 어느덧 어두워지고 수많은 별이 밤하늘을 수놓았다.

목탁은 선실이 더워서 갑판에서 바람을 쐬다가 새벽 단잠에 빠져들었다.

*　　　*　　　*

끼룩끼룩.

항해 중인 배 위로 갈매기들이 날아들었다.

갈매기들이 무리지어 사는 섬이나 해안이 머지않았다는 뜻이다.

새벽 바다의 풍경은 평화롭고 바람은 상쾌했다.

그러나 갑판 여기저기 말라붙은 핏자국으로 얼룩져 섬뜩한 느낌을 주었다.

갑판 중앙 기둥 둘레엔 무장 해제된 왜구들이 밧줄에 굴비 두릅처럼 묶인 채 자거나 졸고 있다.

"왜구들이 횡행하는 건 조정이 진이 빠져서 그런 겁니다."

선장의 말에 의하면 지금 조정은 북벌과 기근으로 진이 빠진 상태라고 했다.

세상이 어지러운 틈을 타 왜구들이 횡행한다고 했다.

목탁은 고개를 끄덕이며 선장이 하는 말을 묵묵히 들었다.

목탁에 대한 태도와 말투는 공손과 존대로 바뀌어 있었다.

"대협께서는 존호가 어찌 되시는지……?"

"아명은 삼사입니다만 그냥 목탁이라고 불러주십시오."

"중들이 두드리는 이거?"

선장이 목탁을 두드리는 시늉을 하며 물었다.

"예, 사부님께서 지어주신 이름입니다."

"허면 소림이나 아미파 쪽이신 듯……."

"아, 아닙니다. 그냥 세상을 널리 구제하라고……."

머리통이 목탁처럼 생겨서 그렇게 됐다는 이야긴 하지 않았다.

선장과 목탁의 이야기에 강 포수도 끼어들었다.

"난 목 대협이 무림의 고수이신 줄도 모르고 목을 친다고 설쳐 댔으니 생각하면 모골이 송연합니다."

"허허허! 대자대비 부처님을 모시는 대협이시라 자네 목이 붙어 있는 걸세."

선장과 강 포수는 목탁의 자비행을 부처와 연관 지어 해석했다.

"아무렴. 모조리 회를 쳐도 시원치 않은 왜구들의 목숨도 함부로 대하지 않으시니 대협이야말로 생불이 아니시겠는가?"

"그러게요. 왜구들이 자기들끼리 찌르고, 쑤시고, 저미고, 베고, 찍었지 대협께선 칼질 한 번 안 하시고 물레방아만 돌리셨잖아요."

"아암, 복 받은 왜구들이지."

"그럼. 저승 문턱에서 부처님을 친견했으니 죽어도 원이 없을 게야."

목탁은 선원들의 낯간지러운 칭찬에 속이 니글거리고 손발이 오그라드는 민망함을 느꼈지만 겉으로 내색하진 않았다.

사실 목탁이 사부의 유훈인 인자무적을 결심했다거나 남다른 자비심이 넘쳐서 왜구들을 해치지 않은 것은 아니다.

물론 피하기만 잘하고 사부에게 공격 초식을 못 배운 탓도 있었다.

그러나 근본적인 이유는 그 자신도 해적 출신이기 때문이었다.

"솔직히 부하들이 뭔 죄가 있나?"

해적은 두 부류가 있다.

타고난 성정이 진짜 악독한 종자와 어쩌다 보니 해적 노릇을 하게 된 경우가 있는데 자신이 바로 후자인 경우이다.

밀무역으로 돈 좀 벌어보려다 해적들에게 잡혀서 해적이 되지 않았던가.

애초에 배움이 없으니 벼슬길은 꿈같은 얘기이고 돈이나 벌어보려고 했다.

그러나 밑천이 변변찮아서 어쩔 수 없이 밀무역을 선택했다.

"아닌 말로 해적질도 먹고살자고 하는 짓이지."

해적에게 포로가 되어서는 죽느냐 사느냐의 기로에서 해적질을 선택했다. 나쁜 짓 안 하기로 맹세하고 죽는 것보다 사는 게 낫다고 생각했다.

스스로를 돌아볼 때 자신은 절대로 착한 유형의 인간은 아니었다.

착해도 착한 티를 내면 건달 노릇 좀 치는 거다.

착하지 않다고 해서 나쁜 것만은 아니다.

“금수저 물고 태어나고 싶지 않은 놈 있나?”

사람은 어차피 형편 따라 환경에 적응하면서 사는 게 아닌가?

부잣집에서 못 태어난 게 자신의 잘못은 아니다.

환경이 불우하면 어떻게든 개선시켜야 한다.

그랬다. 자신은 환경에 적응한 것뿐이다.

누구나 자신에게 유리한 쪽을 선택하지 않는가?

목탁은 세상에서 제일 나쁜 게 환경을 탓하며 개선시키려는 노력을 하지 않는 부류라고 생각했다.

그게 노름이든, 술질이든, 도둑질이든, 계집질이든 뭐든 안 하면 모를까 한다면 열심히 해야 한다는 주의이다.

해적질할 때도 이왕이면 잘나가고 싶었다.

세상에서 못 한 호강, 해적으로 누리려는 게 뭔 잘못이란 말인가?

‘나처럼 어찌하다 보니 해적질을 하게 된 자가 태반일 테지.’

악독한 놈은 사실 몇 안 된다.

친해지고 이런저런 이야기를 나누다 보면 대부분 운명이 장난쳐서 해적이 된 것이지 해적이 되고 싶어서 노력한 해적은 하나도 없었다.

해적들은 대부분 분위기에 따라서 악해지기도 하고 흉포해지기도 한다.

목탁은 해적들의 실체를 알기에 그들을 악마나 괴물처럼 생각하지 않았다.

그나저나 배는 왈량도 방향으로 길을 잡고 있었다.

'보물보다 귀한 목숨을 건졌으니 이제 보물은 없다고 고백해도 될까?'

목탁은 보물이 없다고 하면 사람들이 실망할 걸 생각하니 속이 타들어갔다.

"하늘이 무너져도 솟아날 구멍이 있다더니 옛말 그른 게 없네."

"나도 해적선에 인생 종 치는 줄 알았는데 보물까지 챙기게 되다니… 허엉!"

감격의 눈물을 흘리는 이도 여럿 되었다.

"인생사 새옹지마요, 고진감래라더니……."

"역시 죽지 않고 버티길 잘했네."

"흐흐흐, 보물이다, 보물!"

목탁은 보물 소리를 들을 때마다 가슴이 뜨끔거렸다.

'어디든 정박하면 무조건 튄다.'

무슨 핑계를 대든 적당한 곳에 배를 댄다면 도망가야겠다고 결심했다.

이제나저제나 눈치를 살피던 목탁의 머리에 묘책이 떠올랐다.

"내가 뱃멀미가 좀 심한데… 배를 뭍에 좀 댈 수 없을까요?"

목탁의 말 한마디에 뱃사람들은 곧 해류를 살피고 풍향을 가늠했다.

"대협, 여기서 네 시진 정도 가면 배를 댈 만한 포구가 나올 겁니다."

"저어기 희미하게 보이는 게 섬 같은데, 저긴 한 시진 반이면 갈 수……."

왜구의 포로이던 남자가 고개를 좌우로 세차게 흔들었다.

"안 됩니다! 저 섬이 바로 마룡돕니다."

"마룡도!!"

마룡도라는 말에 뱃사람들의 안색이 새파래졌다.

"마룡도는 해적들의 상습 출몰지라 모든 배들이 피해가는 섬입니다."

선장의 말에 모두들 고개를 끄덕거렸다.

한때는 제법 번창한 중간 물류 기지로 급수와 식량 조달 등으로 이용하던 섬이라고 했다.

목탁은 말없이 손가락으로 마룡도를 가리켰다.

"대협, 못 갑니다! 가면 죽습니다!"

목탁은 미소 지으며 선장의 어깨를 토닥이고 다시 마룡도를 가리켰다.

그러나 왜구의 포로이던 남자가 양팔로 가위표를 만들어 보이며 외쳤다.

"지금 마룡도에는 해적왕 적목귀수(赤目鬼首) 도참(刀斬)이 진을 치고 있습니다."

적목귀수 도참은 인간이 아니라고 했다.

그는 인간의 탈을 쓴 악마, 저승 안내자라고 했다.

누구나 죽음이 두렵고 죽음을 싫어한다. 그러나 마룡도에 가면 오히려 죽여 달라고 사정하게 된다고 했다.

"누구든 가면 무조건 죽는데, 죽여도 곱게 죽이지 않습니다."

왜구의 포로이던 남자는 말하기 전에 한차례 몸을 부르르 떨었다. 그는 적목귀수 도참의 악행을 눈으로 본 듯이 구체적으로 나열했다.

"그놈은 사람 눈알을 파내고 손가락, 발가락을 하나씩 자릅니다."

그자는 사람이 고통스럽게 죽어가는 모습을 즐기는 악귀라고 했다.

게다가 인육을 먹는 식인 전통이 있어 사람을 죽여 살을 저미고 포를 떠서 육포로 저장도 한다고 했다.

선장은 마룡도를 최대한 멀리 우회하여 가고자 했다.

목탁은 선원들의 공포를 충분히 이해했다.

섬에 가면 어찌어찌해서 작은 배라도 하나 챙겨 아무도 모르게 소리 없이 빠져나가려고 했는데 아무래도 안 될 것 같았다.

"할 수 없지. 포구에 가서 기회를 엿봐야지."

왜선 두 척과 포경선은 마룡도 반대 방향으로 길을 잡고 바람을 탔다.

한 시진 넘게 순풍을 받고서야 비로소 뱃사람들의 얼굴에 화색이 돌았다.

선장이 목탁에게 부탁하지도 않은 항해 일정을 보고했다.

"오늘은 구천포에서 하루 정박하고, 왈량도는 내일 저녁이면 닿을 듯합니다."

"포경선으로는 보물을 얼마 싣지 못할 텐데 왜선이 두 척이나 생겨서 정말 다행입니다."

"하하하! 이게 모두 목 대협님 덕분입니다."

"저도 목 대협님 덕분에 포로 노역 끝나고 보물 챙겨서 귀향할 생각을 하니 꿈만 같습니다."

목탁의 호칭은 이제 대협에서 목 대협님으로 바뀌었다.

호사다마라고 했던가?

"해, 해적선이다!!"

어디 있다가 나타났는지 저 멀리서 붉은 기를 펄럭이는 해적선들이 수평선을 수놓았다.

하나, 둘, 셋, 네 척이다.

포로이던 사내가 해적의 정체를 분명히 일러주었다.

"저기 붉은 기 세 개를 펄럭이는 게 해적왕이 탄 배입니다."

대장선에 적목귀수(赤目鬼首) 도참(刀斬)이 있을 터이다.

해적선들은 멀리서부터 거리를 두고 포위망을 좁혀왔다.

이쪽은 이미 도망칠 수 없는 형국이었다.

동료들이 나타나자 갑판에 굴비 두릅처럼 엮여 있던 해적들의 얼굴에 웃음꽃이 피었다.

"당장 이 밧줄을 풀어라!"

"크하하핫! 모두 죽었다고 복창해라!"

"해적왕 만세!"

"배고프다! 고기와 술부터 내와라!"

의기양양해진 해적들이 호통을 치며 호기를 부렸다.

선원들은 어찌할 바를 모르고 허둥거렸다.

"뭘 꾸물대는 것이냐? 어서 밧줄부터 풀어라!"

강 포수가 해적들에게 다가갔다.

제일 큰 소리로 악악대며 떠들어댄 자의 밧줄을 풀었다.

"하하하! 네놈도 죽음이 두렵긴 한 모양……."

휘익!

강 포수는 그자를 번쩍 들어 바다로 던져 버렸다.

풍덩!

악악대던 자가 바다에 빠지자 해적들이 이내 조용해졌다.

강 포수가 해적들 얼굴을 살피며 맨 처음 소리친 자의 밧줄을 풀었다.

그는 온몸을 사시나무처럼 떨며 오줌을 지리고 목숨을 구걸했다.

"자, 잘못했습니다. 사, 살려주십시오."

선원 한 명이 그 꼴이 가소로운지 한마디 거들었다.

"그자가 밧줄 풀라고 제일 먼저 소리친 자요."

"아, 아닙니다! 전 묶여 있는 게 좋습니다! 정말입니다. 이대로 영원히 있는 게 소원입니다!"

*　　　*　　　*

해적 대장선에는 붉은 기에 '적목귀수(赤目鬼首)'라는 금색

글씨가 크게 쓰여 있고 황색 기에는 붉은 눈의 해골이 그려져 있었다.

목탁은 자신이 푸른 해골 13호 해적단이던 시절을 떠올렸다.

그때 사실은 붉은 눈의 해골을 본떠서 푸른색을 택한 것이었다.

그만큼 해적왕 적목귀수는 해적들의 선망의 대상이었지만 반대로 뱃사람들에겐 공포의 대명사였다.

목탁은 한때 자신의 우상이던 해적왕을 만나보고 싶었다.

'해적으로 잘나갈 땐 세상을 다 가진 기분이었는데.'

초보 해적 시절 목탁은 적목귀수 도참에 대한 소문을 귀따갑게 들었다.

그는 젊은 시절, 강호십걸에 들 만큼 이름을 날리던 무사라고 했다. 그러나 모두가 소문일 뿐 그의 실체는 누구도 잘 몰랐다.

확실한 건 해적왕 적목귀수 도참은 인정사정없는 살인귀로 그에게 자비심을 바라는 건 굶주린 사자가 먹이를 눈앞에 두고 참는 것보다 어려운 일이라는 것이다.

바로 그 공포의 해적선이 꿈이 아닌 현실에서 눈앞에 있었다.

해적선이 점점 좁혀오자 선장이 목탁을 슬픈 눈으로 바라보았다.

“목 대협님 덕분에 목숨 건졌나 했더니 아무래도 오늘 죽을 팔자를 타고난 모양입니다.”

“사람 목숨이야 하늘에 달렸으니 죽기 전까진 모르는 거죠.”

선장은 비통한 표정으로 말했지만 목탁은 어쩐지 설레는 마음이다.

해적왕은 어떤 인물일까?

진짜 무시무시한 괴물처럼 생겼을까?

자신이 한때 동경하던 우상을 만나기 때문인지 두려움보다는 호기심이 더 강하게 생겼다.

목탁은 자신의 해적 시절을 떠올리며 잠시 감회에 잠겼다.

글썽거리던 선장의 눈에서 굵은 눈물이 흘러내렸다.

“하아! 죽을 때 잘 죽어야 훌륭한 사람이 되는데…….”

목탁은 비탄에 잠긴 선장의 말에 웃음이 새어 나왔다.

“하하! 죽으면 끝이지 어떻게 훌륭한 사람이 됩니까?”

“호랑이는 죽어서 가죽을 남기고 사람은 죽어서 이름을 남기지 않습니까? 그게 바로 인생의 완성이죠. 후대에 길이 평가받는 건 오직 이름뿐 아닙니까?”

“아, 그게 그런 뜻이군요. 제가 배움이 좀 짧아서…….”

목탁은 선장의 말이 일리가 있다고 생각했다.

‘그렇군. 죽을 때 잘 죽어야겠어.

목탁은 잠시 자신이 어떻게 죽을지 생각해 봤지만 죽음에 대한 감이 잘 잡히지 않았다.

"선장님, 전 아직 안 죽어봐서 잘 모르겠는데 어떻게 죽어야 잘 죽는 거죠?"

"……?"

선장도 죽어본 적이 없는지라 잠시 생각을 골랐다.

죽어본 적은 없지만 수많은 죽음을 보았기에 나름 죽음에 대한 철학을 갖고 있었다.

"남자라면 후대에 길이 남을 멋진 일을 하고 죽어야죠."

"후대에 길이 남을? 예를 들면?"

"예를 들자면 천하의 난을 평정한다든가, 공자나 노자처럼 천하에 도를 전한다든가… 뭐 대충 그런 것들, 말하자면 일생일대의 업적을 남기는… 그런 거죠."

목탁은 고개를 갸웃거렸다.

천하의 난이나 도는 아무래도 자신의 전공은 아니라는 생각이 들었다.

공부라면 경기를 일으키는 몸이니 학문 쪽은 일단 고려 대상이 될 수 없었다.

선장은 선장대로 죽음을 목전에 둔 긴박한 상황에 어울리는 토론은 아니라고 생각했다.

"목 대협님, 지금은 그런 걸 논할 때가 아니죠."

애타는 선장의 심정을 모르는지 목탁은 처음으로 죽음에 대한 진지한 성찰을 하게 된지라 삶과 죽음에 대해 심도 있게 파고들려 했다.

"그럼 선장님은 일생일대 업적이 뭔가요?

목탁이 선장의 업적을 묻자 선장은 잠시 생각을 하는 듯하더니 이내 어깨를 쫙 펴고 얼굴 가득 자부심이 차올랐다.

"내 업적은 고래죠!"

"예?! 고래가……."

목탁이 눈을 껌뻑이자 선장은 당당한 목소리로 말했다.

"난 일생일대 세상에서 가장 거대한 동물, 고래와 싸웠습니다. 죽을 고비도 여러 번 넘겼지만 바다의 제왕과 목숨 걸고 투쟁한 내 젊은 날의 역사가 난 정말 자랑스럽습니다."

말 한마디 한마디마다 당당한 자부심과 사나이의 기개가 느껴졌다.

선장의 이야기를 듣는 목탁은 자신도 모르게 주먹을 불끈 쥐었다.

목탁이 생각해도 그건 정말 대단한 일 같았다. 그도 엄청난 고래의 위용을 친히 경험해 보았기에 크게 공감되었다.

"뭍에 사는 사람들이 내가 아니면 어떻게 고래 고기를 맛보겠습니까?"

그렇다! 선장의 말은 구구절절 옳고 지당했다.

세상 사람을 위해서 목숨 걸고 고래와 싸운 사나이!

목탁은 위대한 바다의 용사 앞에서 새삼 찌질한 자신의 과거가 부끄러웠다.

돌이켜 보건대 위대한 일은 근처에 가본 적도 없고, 세상을 위해서 뭔가를 이루겠다고 결심 비슷한 걸 해본 적도 없었다.

자신은 고작 일신의 영달을 위해서 돈을 벌려고만 하고, 쾌락을 위해서 술을 마시고 여자를 후리고 다닌 게 통렬하게 반성되었다.

자신의 과거가 새삼 부끄러워 낯이 뜨거워졌다.

"난 고래와 싸우다 죽어야 하는데 고작 저런 해적에게 개죽음을 당하게 되다니… 그게 억울할 뿐입니다."

목탁은 새삼 자신 앞에 선 바다 사나이가 다시 보였다.

이 사람은 진짜 사나이구나.

마음속 깊은 곳에서 존경심이 우러나왔다.

그의 기백과 투지가 멋져 보였다.

뭔가 인생에 대한 거대한 진리를 깨달은 느낌이다.

'나도 고래잡이를 해볼까?'

목탁은 손에 작살을 잡고 바다를 누비며 고래와 사투를 벌이는 자신의 모습을 잠시 떠올리며 어쩐지 비장한 마음이 되었다.

목탁은 선장에게 포권을 하고 사례를 했다.

"선장님 덕분에 큰 깨달음을 얻었습니다."

선장은 속이 탔지만 일단 포권에 포권으로 받았다.

이 친구는 도대체 지금이 어떤 상황인지 도무지 감이 안 잡히나?

"목 대협, 아침에 도를 깨달으면 저녁에 죽어도 좋다는 말이 있긴 하지만, 깨닫자마자 죽는 건 좀 빠르다고 생각하지 않습니까?"

그러고 보니 삶과 죽음에 대한 철학을 논하는 동안, 동해안에서 가장 무시무시한 해적왕이 이끄는 해적선이 이십여 장 앞으로 다가왔다.

선장은 저들에게 고통과 멸시와 조롱을 당하고 죽느니 지금 자결하는 게 인간의 존엄을 지키는 아름다운 죽음이 될 거라고 비장한 목소리로 자살 예찬론을 펼쳤다.

"비굴하게 생을 마감하는 것보다 장렬한 최후를 스스로 맞이하는 것도 영광스러운 일이 될 거요."

그러나 목탁은 빙긋 웃어 보일 뿐 별다른 반응을 보이지 않았다.

선장은 속이 타들어가다 못해 폭발할 지경이었다.

"목 대협, 지금 미소 지을 땝니까?"

"하하하! 뭔가를 깨닫는다는 게 이렇게 기분 좋은 거로군요."

"허어! 아마도 목 대협께서 실성을 하신 모양이군요. 아아!"

선장이 장탄식을 할 즈음 목탁은 무슨 생각인지 돛대 위로 올라갔다.

선장은 목탁의 뜬금없는 행동이 이해가 되지 않았으나 이내 감을 잡았다.

선장이 돛대 위의 목탁을 올려다보며 소리쳤다.

"목 대협! 그 위라고 안전할 리가 있습니까?"

돛대 위로 오른 목탁이 근접한 해적선을 향해서 손을 흔들었다. 그 모습을 본 선장은 허탈한 마음에 자신도 모르게 쓴웃음을 지었다.

선장의 눈에는 목탁이 해적에게 잘 보여 목숨을 구걸하려는 모습으로 비쳤다.

"목 대협, 이제 와서 손 흔들고 환영하는 척해봐야 받을 건 죽음뿐이라오!"

둥둥둥둥!

챙챙챙챙!

해적선들은 연신 북을 울리고 징을 쳐대며 공포 분위기를 고조시켰다.

북과 징소리에 이미 정신이 얼얼하고 반쯤 제정신이 아니었다.

해적선 한 척이 바짝 다가오자 뱃사람들과 선장은 부르르 몸이 떨며 진저리쳤다.

"아아, 이제 우리는 죽는구나."

바로 그때, 돛대 위의 목탁이 돛 줄을 잡고 새처럼 건너편 해적선 위로 날아가며 소리쳤다.

"해적 여러분! 반갑습니다!"

적목귀수 깃발이 휘날리는 해적선 갑판에 내린 목탁은 정중하게 포권을 하고 고개를 숙여 인사부터 했다.

"불초 소생은 목탁이라고 합니다. 오늘도 망망대해를 가로지르며 해적질하느라 얼마나 노고가 많으십니까? 저로 말씀드릴 것 같으면, 저도 한때 바다를 주름잡으며 동해, 남해, 북해를 가리지 않고 불철주야 노략질을 일삼던 전직 해적입니다."

난데없이 날아든 목탁이 자신도 전직 해적이라며 동료 의식을 강조했지만 해적들은 멀뚱히 보기만 할 뿐 별다른 반응을 보이지 않았다.

그러거나 말거나 목탁은 해적들 앞을 이리저리 돌아다니며 장황하게 설명을 늘어놓았다.

"제가 이끌던 해적단은 푸른 해골 13호였습니다. 혹시 들어본 적 없으십니까? 그런 이름을 붙인 것은 평소에 해적왕으로 불리는 적목귀수 도참 님을 흠모하였기 때문입니다. 도참 님은 저 같은 올챙이 해적들의 꿈이었습니다. 언제든 만나게 되면 귀한 서명 하나 받아서 평생 간직하고 싶었지요. 오늘 마침 운수가 좋아 적목귀수 도참 님의 해적선을 만나게 되어 정말 반갑기 그지없습니다."

해적질로 이골이 난 해적들 입장에서 자신들을 반기는 놈은 처음이었다.

환하게 웃으며 신이 나서 주절거리는 걸 보니 일단 침 뱉고 욕하는 건 보류했다.

게다가 자신들의 대왕을 흠모한다니 어떻게 대응해야 할지 잠시 헛갈리는 눈치였다.

소개 인사를 마친 목탁은 자신과 가까운 해적에게 다가가 손을 내밀고 악수를 청했다.

"형제님, 반갑습니다. 목탁입니다."

"어, 어, 난 육갑이라고 하네."

목탁은 얼떨결에 악수를 나눈 해적을 포옹하고 등을 토닥였다.

"하하하! 이름이 육갑이면 아호는 혹시 병신 아닙니까?"

병신육갑!!

그 말이 도화선이 되었다.

육갑의 얼굴이 붉으락푸르락해지며 장도를 빼들었다.

"고얀 놈! 포를 떠주마!"

그러나 목탁은 개의치 않고 그 옆의 해적에게 웃으며 손을 내밀고 악수를 청했다.

"하하! 소생 목탁이온데 형제 분 존함은?"

그는 존함을 일러주는 대신 허리에 찬 환도를 뽑자마자 휘둘렀다.

"크크크, 본좌의 존함은 저승사자라고 알아둬라."

쉬익!

"크아악!"

목탁과 처음 악수를 나눈 육갑이 목을 움켜잡고 비명을 질렀다.

목탁은 아무 일 없는 듯 다음 해적 앞으로 다가서며 인사를 나누려 했다.

"하하! 인상 참 더러우신 게 영락없는 쥐새끼 몰골이십니다."

쥐새끼 몰골이 빼드렁니를 악물고 쇠도리깨를 휘둘렀다.

"뒈져라, 이놈!"

빠악!

쇠도리깨는 환도를 휘두른 자의 머리통을 강타했다.

소리의 강도로 봐서 아무래도 생존이 어려울 것 같았다.

목탁은 해적들 사이를 돌아다니며 계속 악수를 청했다.

"으아아아악!"

그가 지나치는 길목의 해적들은 하나같이 비명을 질렀다.

해적들은 서로 찌르거나 찔렸고, 베거나 베였으며, 깨지고, 터지고, 잘렸다.

"이 멍청한 놈! 제대로 찔렀어야지!"

"너 일부러 날 쳤지?"

"너도 맛 좀 봐라!"

"죽어라!"

"뒈져라!"

급기야 찌르고 찔린 해적과 베고 베인 해적들끼리 서로 칼질을 해대자 해적선 갑판은 가히 아수라장이 되고 말았다.

해적들은 이제 서로 미쳐 날뛰는 형국이었다.

'사부님께서 인자무적이라고 하셨으니…….'

그런 와중에도 목탁은 미소 머금은 얼굴로 정중한 자기소개와 악수를 멈추지 않고 계속 진행했다.

"하하! 전직 해적 목탁입……."

슈칵!

"으아악!"

대부분 목탁이 자기소개 인사말을 마치기도 전에 전후좌우에서 칼을 휘둘러 댔다.

그와 동시에 비명이 터지고 피가 뿌려졌다.

목불인견!

아비규환!

대참사의 현장을 방불케 했다.
“모두 물러나라!”
쩌렁한 목소리가 일단 참극을 중지시켰다.
그 한마디에 모두 정신을 수습하고 뒤로 물러났다.
“존명! 속하들이 대왕님을 뵙습니다!”
소리를 지른 인물은 문사 복장의 말쑥한 사나이였다.
얼핏 보아서 나이는 사십 전후로 보였고, 누가 봐도 준수한 미남이었으며, 손에는 접부채를 말아 쥐고 있었다.
해맑은 모습이 전형적인 유생 출신의 선비처럼 보였다.
그가 바로 악의 대명사 적목귀수 도참이었다.
그가 날카로운 눈으로 쏘아보며 질책하였다.
“내가 적목귀수 도참이다. 너는 나를 흠모한다는 놈이 어찌 이런 무례를 행하느냐?”
“나는 인사를 하고 악수를 청하였을 뿐이외다. 해적왕을 흠모하는 나에게 칼질을 한 건 해적왕의 수하들이니 무례는 부하 단속을 제대로 못한 해적왕이 범한 것 아니오?”
말인즉슨 맞는 말이었다.
말이 궁색해진 도참이 버럭 소리를 질렀다.
“무릎을 꿇어라!”
“씨바, 내가 그쪽 부하도 아닌데 왜 떽떽거려?”
적모귀수 도참은 자신의 귀를 의심했다.

바다로 나온 지 이십 몇 년 만에 처음으로 듣는 욕이요, 반말이었다.

피가 거꾸로 솟는지 말까지 더듬었다.

"저, 저, 저놈을 꿇려라!"

第八章
목 대협 추모시

목탁을 무릎 꿇리려 양쪽에서 해적들이 달려들었다.

그러나 그들은 목탁 대신 서로를 끌어안거나 잡았다.

"엥?! 이런."

"쯧쯧, 백주에 뭣들 하는 건지. 취향이 독특하네."

옆으로 비켜선 목탁이 그 모습을 보고 혀를 찼다.

열 받은 해적들은 분을 삭이며 자세를 다잡았다.

"이, 이놈이… 제법 한다 이거지!"

허탕을 친 해적들은 이번에는 신중하게 목탁을 에워쌌다.

눈빛을 주고받은 해적들이 눈짓 신호에 따라 목탁을 덮쳤다.

"지금이다!"

빠악!

쿵!

이번에도 해적들은 서로 박치기를 하거나 가슴을 들이받고 자빠졌다.

그 꼴을 보고 적목귀수 도참이 소리쳤다.

"그냥 죽여 버려!"

해적왕의 명령이 떨어지자 해적들이 일제히 무기를 빼들었다.

누군가 효과적인 대응 방안을 생각한 모양이다.

"마주서지 말고 한 방향으로 서!"

해적들은 자기들끼리 찌르고 베던 실수를 피하려 모두 한쪽으로 도열했다.

그러나 아무도 선불리 나서진 않고 서로 눈치만 살폈다.

검, 도, 창, 활, 도끼, 작살, 쇠사슬, 봉, 단검, 표창, 귀신 낫, 그물 등 해적들은 다양하고 독특한 무기 체계를 운용했다.

조장으로 보이는 자들이 은밀하게 작전을 논의하였다.

공격 우선 순서를 정했는지 표창을 든 자 다섯이 제일 앞으로 나섰다.

목탁은 품에서 삼초절검을 빼 들고 맞섰다.

지금까진 피하기만 했지만 많은 숫자가 공격하면 피하는

것보다 막는 게 효과적이기 때문이다.

목탁의 검을 본 해적들이 실소를 금치 못했다.

"푸크큭, 그건 자살용 은장도냐?"

해적들은 검 같지 않은 목탁의 검을 보고 놀렸다.

해적들의 비웃음에 목탁은 웃은 자들을 손가락으로 지목했다.

"너, 너, 너, 지금 이빨 보인 놈들은 곧 이 검의 위력을 맛보게 될 거다."

"시간 끌지 말고 속히 끝내라!"

적목귀수 도참이 공격을 재촉하자 다섯 개의 표창이 파공음을 일으키며 목탁을 노리고 일제히 쏘아져 왔다.

퓨퓨퓻!

태태태탱!

목탁은 삼초절검으로 날아오는 표창을 모두 쳐냈다.

다섯 개를 각기 쳐냈지만 겉으로 보면 그저 손놀림 한 번 한 것으로 보였다.

"컥!"

"윽!"

"악!"

정확하게 이빨을 보이고 웃던 해적 셋이 목탁이 쳐낸 표창을 맞았다.

그 광경을 본 적목귀수의 낯빛이 흐려졌다.

뭔가 예사롭지 않은 목탁의 능력을 본 것이다.

표창에 이어 창을 든 해적 둘이 목탁 공략에 나섰다.

"우리가 상대하마!"

창창창!

목탁은 삼초절검으로 장창의 공격을 비교적 여유 있게 막았다. 서두르지 않으면서도 절묘하게 상대의 공격을 무위로 돌린 것이다.

그러나 창잡이들의 공격은 생각보다 날카롭고 다채로웠다.

"하아앗!"

"하라차!"

탕! 탕!

짐작컨대 각별히 창술을 연마한 고수임에 틀림없었다.

겉보기엔 백중지세로 손에 땀을 쥐게 하는 장면의 연속이었다.

뱃사람들 눈에는 어쩐지 목탁이 위태로워 보였다.

지켜보는 도참의 머릿속도 복잡했다.

'이놈, 도대체 뭐지?'

강호에 자신을 두려워하지 않을 정도의 고수는 흔치 않았다. 설령 강호의 초일류고수라 해도 자신 앞에선 긴장해야 정상이다.

도참은 강호 서열 50위 이하는 아예 자신의 상대가 못 된다고 자부했다.

목탁이 처음 부하들 사이를 헤집고 다닐 때, 무당의 무영신보인 줄 알았다.

그러나 부하들이 서로 박치기했을 땐 분명히 개방의 신투잠영으로 피했다.

그러다 표창을 쳐낼 땐 남궁세가의 절기인 비뢰칠식 같았는데 어찌 보면 화산의 매화비류낙화식이나 매화난분절 초식으로도 보였다.

'저놈, 도무지 모를 놈이다.'

적목귀수가 볼 때 목탁은 한마디로 잡종이었다.

이런 족보 없는, 아니, 족보가 다양한 잡탕 무공은 처음이었는데 여유 있는 초식 대응을 보면 깊이를 알 수 없을 만큼 강하다.

아까 표창을 쳐내는 건 어지간한 고수라면 가능한 일이었지만 자신이 지목한 자에게 되날리는 건 말이 안 되는 얘기였다.

그런데 놈은 그걸 아무렇지도 않게 해냈다. 도무지 말이 안 되는 놈이고 해석이 불가했다.

'두 개의 창과 백중세로 싸우는 것으로 보이지만 그건 저놈이 방어만 하기 때문이다. 만약 저놈이 맘먹고 공격한다면 창

잡이들은 삼 초, 아니, 이 초도 견디지 못할 것이다.'

그런데 적목귀수는 목탁이 어쩐지 낯설지 않았다.

'이상하네. 본 적도, 들은 적도 없는 놈인데.'

볼수록 도무지 정체를 알 수 없는 놈이었다.

가끔 상선을 노략질할 때면 강호의 일류무사들을 만나는 경우가 있었다.

그들은 거의 대부분이 자신이 몸담은 방파의 무공을 선보였다.

그런데 이놈은 어찌 된 일인지 자신의 무공을 보이지 않으려 애쓰고 있었다.

'놈이 정체를 드러내지 않으려는 이유가 뭐지?'

포경선 선장과 선원들, 포로이던 사람들은 목이 바짝바짝 탔다.

목탁을 믿고 싶지만 그러기엔 해적이 너무 많았다.

좀처럼 승부가 가려지지 않자 도참이 앞으로 나섰다.

"멈춰라!"

창잡이들이 공격을 멈추고 물러나자 도참이 물었다.

"네놈은 왜 공격은 안 하고 방어만 하느냐?"

"어… 그게… 노털, 아니, 사부가 악인이라도 함부로 죽이진 말라고 해서……."

"뭐?!"

너무도 뜻밖의 말에 도참은 잠시 할 말을 잃었다.

지금 생사가 걸린 진검 결투에서 이게 무슨 헛소리란 말인가? 그만큼 자신의 무공에 대해서 자신이 있다는 말인가?

그렇다면 오만함이 극치에 이른 놈이다.

대체 얼마나 자신이 있기에 저따위 말을 지껄인단 말인가?

이놈은 도무지 감이 잡히지 않았다.

"네, 네놈 사부가 누구냐?"

"아, 저… 그냥… 지금 없어. 죽었어."

적목귀수는 뭔가 짐작이 된다는 듯 의미 있는 미소를 지었다.

강호에서 사문을 밝히지 않는 경우는 대략 두 가지다.

강호의 공적으로 몰려서 사문을 밝히는 순간 표적이 되는 경우가 첫째이고, 역적의 집안이나 일파인 경우가 두 번째이다.

"난 강호의 공적이든 역적이든 따지지 않는다. 난 그런 자들을 환영한다. 그들은 오히려 내 친구라 할 것이다."

"아니, 그런 게 아니라 진짜 사부가 죽었다니까."

"죽었어도 살아생전 이름은 있었을 게 아니냐?"

"어, 그거야 있지. 혹시 광비신수 진도삼이라고 들어봤나?"

"뭐?!"

목탁의 말을 들은 도참은 잠시, 아니, 한동안 말을 잃었다.

"네, 네놈이… 그, 그분의 제자라는 걸 어찌 증명할 테냐?"

이번에는 목탁이 고개를 갸웃했다.

'적목귀수가 노털, 아니, 사부한테 그분이라고?'

목탁은 해적왕이 사부에게 존칭을 붙인 게 이상했다.

목탁은 손에 든 삼초절검을 들어 보였다.

"이거, 사부가 준 거야."

"어, 어쩐지……. 그, 그건 호, 혹시 삼초절검? 맞느냐?"

"어? 이 검을 아는 거야?"

"삼초절검은 내가 모시던 분이 아끼던 검이다."

도참이 다가와 목탁의 삼초절검을 살폈다.

어딘지 낯설지 않다고 생각했는데 바로 이 검이었다.

그는 검날을 손으로 문지르다 삼초절검에 뺨을 대보기도 하고 손잡이를 어루만졌는데 손동작이 애틋했다.

도참은 그제야 모든 의문이 풀렸다.

광비신수 진도삼이라면 그 모든 게 가능했다.

그라면 천하의 모든 검법과 도법을 수중의 물건처럼 마음대로 꺼내 쓸 수 있었다.

도참의 목소리가 가늘게 떨렸다.

"그, 그분은 어떻게 돌아가셨느냐?"

"우리 사부를 아쇼?"

"그분은 나의 사형이시다."

"에?!"

이번엔 목탁의 잠시 말이 끊겼다.

"네가 사형의 제자라면 내가 사숙이 되니 예를 올려라!"

"노털, 아니, 사부는 사제가 해적왕이라고 말한 적 없는데?"

"사형과 내가 헤어진 게 이십사 년 전이고 그때는 나도 해적이 아니었다."

"내가 사부의 제자인 건 이 검으로 증명되지만 그쪽이 내 사숙인 건 뭐로 증명할 거요?"

"그, 그건……."

잠시 생각하던 도참이 손가락을 튕겨 딱 소릴 냈다.

"내가 사형의 용모를 자세히 얘기해 주면 되겠느냐?"

"날 바보로 아쇼? 돈 떼먹고 도망간 놈도 그건 말할 수 있겠네."

"그럼 내가 사형의 이야기를 해줄 터이니 네가 아는 이야기와 맞는지 따져 보는 건 어떠냐?"

목탁은 잠시 난감했다.

사부한테 들은 게 별로 없기 때문이다.

사부는 이상하게도 개인 신상에 대한 이야기는 거의 하지 않았다.

그렇다고 명색이 제자인데 사부 이야기를 들은 게 없다고 말하기도 그랬다.

그래서 일단 고개를 끄덕였다.

'세상 넓고도 좁네. 해적왕이 사숙이라니…….'

*　　　　*　　　　*

목탁은 도참과 같이 마룡도로 가기로 했다. 왈량도에 가지 않게 된 걸 다행으로 여겼다.

"보물 때문에 찜찜했는데 정말 잘됐어."

선장과 뱃사람들에겐 목탁이 포로가 되는 대신 해치지 않고 보내주는 것으로 이야기를 마무리 짓기로 했다.

목숨을 구한 뱃사람들은 천우신조라며 감격했다.

감히 해적왕에게 보물 이야기를 꺼낼 입장은 아니었다. 게다가 도참이 제법 넉넉한 재물을 챙겨주어 뱃사람들이 보물에 대한 서운함을 어느 정도 달랠 수 있게 해주었다.

"저 악독한 적목귀수 도참이 우릴 보내준 게 믿어지지 않아요."

"목 대협이 끝까지 목숨 걸고 싸우면 부하 절반 이상이 죽을 테니까 해적왕이 부하들을 더 이상 죽이지 않으려고 타협한 거지."

"그럼 목 대협은 죽겠죠?"

"해적왕이 살려줄 놈이 아니지."

"좌우간 목 대협은 의인으로 이름을 남기셨어."

돌아가는 포경선에서 의인 목탁 추모 사업을 추진하기로 했다.

목 대협 추모 사업 본부장은 선장이 맡기로 했다.

"사람은 죽어서 이름을 남기는 법이니 목 대협의 이름과 영웅적인 행적은 우리가 세상에 세세토록 전해야 합니다."

"그럼요. 목 대협은 인자무적의 도(道)로써 살신성인하신 거죠."

"아, 진정 해적들의 목숨도 귀하게 여기는 분이셨는데……."

"목 대협은 깨달음을 얻은 날, 일생일대 마지막 영웅적 삶을 택한 것입니다."

선장은 결연한 표정으로 목 대협 깨달음의 순간을 회고하였다.

"나는 똑똑히 기억합니다. 목 대협은 큰 깨달음을 얻었다고 했어요."

"그게 어떤 깨달음이었을까요?"

"삶과 죽음에 대한 통찰, 생과 사가 하나라는 여여함, 자연의 순리에 그대로 그렇게 따르는……. 뭐 그런 걸로 추측합니다만 영웅의 깨달음을 저 같은 필부가 어찌 가늠하겠습니까?"

"아침에 도를 깨닫고 오전 새참을 먹기도 전에 죽으니 너무 빠르네요."

훗날 그날의 목탁 대협의 행적은 추모비에 다음과 같이 새겨졌다.

영웅 목탁 추모 시.

용궁에서 거북 타고 신비무사 나오셨네.
포경선 참수 때도 인자무적 행하시고
천인공노 왜구에도 대자대비 베푸셨네.
아뿔사!
해적왕을 만나시네.
천한 목숨 구하시려
귀한 목숨 내주시네.
오호라!
천하에 제아무리 영웅이 많다 해도
인자무적 살신성인은
목탁 대협뿐이리라.

처음엔 목 대협을 기리는 사당을 세우고 해마다 제를 올리려 했으나, 예산 문제로 포구의 후미진 곳에 적당한 규모의 추모비를 세우는 것으로 타협을 봤다.

어쨌든 목탁은 그 일로 귀신처럼 피하는 귀신의 발을 가진 무사로 소개되었고, 검명은 무영, 일타쌍피가 되었다.

목탁이 곁을 스치고 지나가기만 해도 한 번에 두 명이 피를 흘린다는 의미였다.

*　　　*　　　*

마룡도!

마룡도의 해적 부락으로 가는 길은 온갖 잡목과 넝쿨이 무성했고 해적 부락 둘레는 탱자나무와 등나무로 빽빽하게 에워싸여 있었다.

해적 부락은 얼기설기 지어놓은 판잣집과 흙집이 대부분이었는데 본부는 동굴 속에 꾸며져 있었다.

동굴 초입은 습했고 이끼가 낀 바위들로 바닥이 미끄러웠다.

해적왕 도참이 횃불을 들고 앞장서서 안내했다.

동굴 천장은 두 길 이상 되었고 폭이 꽤 넓었다.

적목귀수는 길 안내를 하며 자신들의 위용을 자랑했다.

"이 동굴은 외부인들의 침입에 대비해서 진을 설치해 놓았네."

"모두들 오길 꺼리는데 그럴 필요가 있나요?"

"나를 노리는 놈들이 분명히 찾아올 거야."

'누군가 해적왕을 노린다고……?'

목탁은 의구심이 들었지만 아무 말도 않고 뒤를 따랐다.

동굴 안으로 한참을 들어가자 넓은 지하 광장이 나왔다.

지하 광장은 삼백 명 이상이 양팔을 벌린 넓이로 서 있을 만큼 넓었다.

지하 광장은 동굴이라기보다 거대한 석실이었다.

목탁은 해적본부의 웅장한 규모에 내심 감탄했다.

'대단하네. 나도 해적으로 성공했으면 이 정도 세를 이뤘을까?'

바닥엔 반듯한 대리석이 깔려 있고 천장은 십여 장쯤 되어 보였다.

벽에는 야명주가 즐비하게 박혀 있어서 실내는 대낮처럼 환했다. 중앙 벽에는 거대한 돌문이 있고, 무장한 보초들이 지키고 서 있었다.

도참이 웅장한 돌문 앞에서 손뼉을 두 번 쳤다.

짝짝!

그러자 돌문이 육중한 소리를 내며 좌우로 갈라졌다.

쿠르르르!

도참을 따라 안으로 들어서자 지붕 없는 거대한 전각이 나타났다. 그곳은 화려한 대전으로 가히 황궁의 정전이라 해도 손색없는 규모였다.

목탁은 그 위용에 다시 한 번 감탄을 금치 못했다.

'죽여주네. 마치 진시황의 아방궁에 들어온 것 같아.'

도참이 중앙의 보좌에 좌정하고 목탁은 그 옆자리에 앉았다.

이마에 황색 띠를 두른 부하들이 정해진 자리에 도열했다.

목탁은 도참의 옆자리에 앉아 신기한 듯 연신 두리번거리며 주위를 살폈다.

대전에 도열한 황색 띠를 두른 부하는 모두 백여 명이 넘어 보였다.

황색 띠는 짐작컨대 간부급의 표식인 것 같았다.

"모두 들어라. 목 대협은 내 사형의 제자이니 내가 곧 목 대협의 사숙인 셈이다. 너희들은 목 대협을 날 대하듯이 깍듯이 받들도록 하라."

"존명! 속하들이 목 대협을 뵙습니다!!"

도참의 지시에 부하들이 한쪽 무릎을 꿇고 우렁찬 목소리로 대답했다.

목탁도 엉거주춤 일어나 포권을 하고 예를 받았다.

"하하하! 모두 반갑습니다."

“오늘은 뜻깊은 날이니 지금부터 칠 주야에 걸쳐 연회를 열 것이다! 모두들 마음껏 마시고 즐겨라!”

도참은 해적왕답게 위엄 있는 목소리로 연회 개최를 선언했다.

“존명! 속하들이 대왕의 명을 받습니다!!

목탁은 조금 당황스러웠다.

자신이 노털, 아니, 광비신수 진도삼의 제자인 건 맞지만 적목귀수 도참이 사숙인지는 아직 확인된 게 아니기 때문이다.

“저… 연회도 좋지만 일단 그쪽이 진짜 사숙인지 검증부터 하는 게…….”

“하하핫! 역시 시형께서 제자 하나는 대차게 키우셨네.”

목탁은 그 말이 무슨 의미인지 몰라서 눈을 껌뻑거렸다.

도참은 뭐가 그리 기분 좋은지 연신 싱글벙글했다.

“세상에서 마룡도를 뭐라 하는지 아는가?”

“아, 그게… 지옥 야차들이 사는 죽음의 섬이라고…….”

“맞네. 모두들 나를 염라대왕 보듯이 하지. 자네는 내가 겁나지 않나?”

“그게… 나도 한때 해적질로 연명하던 처지이고… 해적왕인 그쪽을 존경하던 몸인지라…….”

“크하하학!! 지금까지 날 두려워하는 자는 봤어도 존경한다는 말은 처음 들어본다.”

목탁은 단지 있는 그대로의 사실만을 말했을 뿐이다.

그런데 도참은 무릎을 치고 박장대소하며 좋아라 했다.

한참 만에 웃음을 그친 도참이 정색을 하고 물었다.

“날 존경했다고 했는데 그 이유는 뭔가?”

“아, 그건… 해적질을 하긴 하지만 어쨌든 왕이니까…….”

“카하하하학!! 그렇지! 왕은 왕이지! 내가 왕 맞지!”

도참은 이번에도 몸을 뒤흔들고 발을 구르며 좋아했다.

목탁은 공포의 대명사인 마룡도의 해적왕이 너무 웃음이 헤프다는 생각이 들었다.

“그래, 해적왕을 직접 만나보니 어떤가?”

“어, 그게… 위엄… 아니, 좀 무서운 얼굴일 줄 알았는데…….”

“알았는데?”

“아, 그게… 이거 참……”

“으흐흐, 내가 너무 꽃미남이라서 놀랐나?”

목탁이 별 우스운 말을 하는 것도 아니다.

그런데 도참은 연신 웃음을 흘리며 좋아서 어쩔 줄 몰라 했다.

이번에도 목탁은 느낀 대로 솔직하게 대답했다.

“아니, 생긴 게 꼭 기생오라비 같다는…….”

“응?! 기생오… 캬학학학학학!!”

도참은 배를 움켜잡고 자빠져 구르며 한참을 웃어댔다.

목탁은 도참이 살짝 맛이 간 게 아닌가 하는 생각이 들었다.

'난 하나도 안 우습구먼, 허파에 구멍이 뚫렸나?'

"허으, 아! 이렇게 웃어 보는 게 몇 년 만인지 모르겠네. 자네는 정말 유쾌하고 사람을 즐겁게 하는구먼. 팽!"

도참은 눈물까지 찔끔거리며 웃더니 코를 풀었다.

목탁은 해적왕이 즐거워하고 웃는 이유를 몰랐다. 너무 웃으니 이 사람이 진짜 해적왕인지 의문까지 들었다.

'해적왕이 이렇게 방정맞고 촐랑대서야…….'

"대왕님, 수라 대령이옵니다."

"으흐흐, 자네를 보니 마치 사형을 본 듯하여 내가 잠시 감정이 격했네."

하늘에서 하강한 선녀 같은 미녀들은 아니고 산도적 같은 해적들이 줄지어 쟁반과 접시에 산해진미를 받쳐 들고 나왔다.

"하하핫! 상선의 요리사들을 많이 잡아놓아서 요리 맛은 일품일 게야."

각종 고기와 생선, 야채, 과일, 미주가 상다리가 휘어지게 놓였다.

목탁은 생전 보지도 듣지도 못한 차림을 보자 입안에 저절로 침이 고였다.

먹기도 전에 눈이 호사를 누리자 뱃속에서 아우성을 쳐댔다.

"자, 마음껏 들면서 자네와 사형의 인연에 대한 얘기를 좀 들려주게."

지난 3년간 무인도에서 생선과 조개류 외에 요리다운 요리를 구경해 본 적이 없는 목탁은 정신없이 먹고 마셨다.

"꺼으으~"

얼마나 먹어댔는지 음식이 목구멍까지 차올랐다.

도참은 웃음을 머금은 얼굴로 목탁이 먹는 모습을 지켜보았다.

"하하하, 천천히 소화도 시킬 겸 사형을 어떻게 만났는지 얘기 좀 해주게."

목탁은 해적질하다 지명 수배되고, 도주하다 풍랑을 만나 절해고도에서 사부를 만난 이야기부터 암벽을 기어오르고, 봉침을 맞고, 매일 두드려 맞으며 지낸 삼 년간의 행적을 소상하게 늘어놓았다.

"어쨌든 사부한테는 죽도록 맞고 피한 게 답니다."

"하하! 사형이 재미나게 제자 훈련을 하셨구먼."

이야기를 듣는 동안 도참은 고개를 끄덕이기도 하고, 때때로 질문도 하며 간간이 눈물을 비치기도 하였다.

목탁은 물론 자신에게 불리한 노털, 아니, 사부에게 싸가지

없이 굴고 씨바 어쩌고저쩌고 한 이야기는 생략했다.

또한 목탁이란 이름의 유래와 반쪽 제자라는 것도 발설하지 않았다.

"섬에서 빠져나갈 방법은 없다고 생각하고 있었는데 집채만 한 거북이가 나타난 건 정말 뜻밖이었지요. 아마 그 거북이도 사부가 길들여 놓은 것 같아요."

사부가 암벽 위에서 입적하고 거북이를 타고 나온 걸로 목탁의 이야기가 끝나자 도참의 눈에 눈물이 그렁그렁하였다.

"아아, 사형께서 그 절해고도에서 얼마나 애가 끓고 피가 마르셨을까?"

도참은 진도삼의 고독과 절망을 떠올리며 장탄식을 하였다.

탄식하며 눈물을 흘리던 도참이 느닷없이 자리에서 벌떡 일어나 목탁에게 절을 올렸다.

"아니, 왜 갑자기……."

"정말 고맙네. 자네 덕분에 사형의 임종을 알게 되었고, 외로운 사형이 자네로 인해 마지막을 행복하게 마감하셨으니 이런 감사한 일이 또 어디 있겠나? 더욱이 비전절기까지 전수한 제자를 세상에 내보내셨으니 저승에서도 맘이 놓이실 걸세. 정말 고맙네."

도참이 감사의 인사를 올리자 목탁은 사실 조금 난감한 기분이 들었다.

아닌 말로 자신은 특별히 사부를 수발든 적도 없고, 매 맞고 피한 것 외에 특별한 비전절기를 전수받은 것도 없었다.

그런데 사부는 물론 자칭 사숙이라는 적목귀수 도참이 자신에게 절까지 하며 고맙다고 하니 좀 쑥스러운 기분이 든 것이다.

"이렇게 우리가 만난 것도 하늘의 안배요, 도움일세. 이제 이 사숙과 힘을 합해 나의 사형, 바로 자네 사부님의 원대한 꿈을 이뤄보세."

이것도 또한 난감한 일이다.

목탁은 사부의 원대한 꿈을 들어본 적이 없었다.

물론 사부가 글로 남긴 세 가지 당부가 있긴 했지만 그 당부가 원대한 꿈인지는 잘 모르겠다.

보리선원을 세우고, 인재를 키우고, 삼초절검을 사부의 아들에게 전해주는 것. 솔직히 첫째, 둘째는 자신과는 다른 세계 이야기이고 세 번째는 꼭 이뤄줄 생각이다.

"저어, 혹시 우리 사부의 원대한 꿈이 뭐였는지 아시는지……?"

목탁은 도참이 자신의 사숙이라는 게 아직 증명되지 않았으므로 말끝을 흐린 것이다.

도참은 의미심장한 표정을 지으며 목탁의 양어깨를 두 손으로 잡았다.

“자네가 바로 자네 사부의 원대한 꿈일세.”

“에?!”

“걱정 말게. 난 모든 게 준비되어 있네.”

“준비라니… 뭘?”

“대장부의 꿈이 뭔가? 바로 천하의 난을 평정하고 대업을 이루어 국본을 세우는 것이지.”

목탁은 도참이 뭔가 착각하고 있다는 생각이 들었다.

‘해적질하다 보니 세상이 변한 걸 모르나?’

홍건적의 난이 끝나고 원나라가 망해서 초원으로 간 게 언제 적 얘긴데…….

대명제국이 세워지고 태조가 서거하고, 장손이 황제가 되었다가 쫓겨난 게 수년 전인데…….

그러나 그런 사실을 아는지 모르는지 도참은 결연한 표정으로 주먹을 불끈 쥐고 재차 자신의 의지를 천명했다.

“모름지기 사내대장부라면 난을 평정하고 대업을 이루는 천하 영웅의 삶을 살아야 할 것이네.”

“어, 그게… 난은 이미 평정되고 새 나라가 세워진 지도 한참 되어…….”

목탁은 분위기를 살피며 도참의 정신줄을 챙겨주려 했다.

“세상은 안정됐고 더 이상 난은 없는데요.”

목탁은 손을 저으며 난이 없음을 강조했다.

"하하, 걱정 말게. 난이 없다면 난을 일으키면 돼."

"에?! 그, 그게 무슨……?"

"사내대장부가 대야망을 품었다면 난이 대순가? 콰하하핫!!"

목탁은 전혀 현실감이 없는 대화라 뭐라고 대꾸해야 할지 몰랐다.

그러나 홍이 난 도참은 손에 든 잔을 단숨에 비웠다.

"크아! 좋구나!!"

이어 도참의 쩌렁쩌렁한 목소리가 대전을 울렸다.

"왕후장상의 씨가 따로 있던가? 나와 사형과 같이 탁발을 하던 걸승이 천자가 됐지. 주원장, 아니, 주중팔이 탁발승 법해란 이름으로 개고생할 때 사형은 법종, 나는 법진이란 법명을 받고 같이 보국안민을 위해서 목숨을 바치기로 맹세했지. 한데 중팔이 그놈이 배신을 때렸어. 나와 사형의 뒤통수를 깠단 말이지."

목탁은 도참의 분노와 원한은 대충 이해가 됐다.

누구든 뒤통수치면 빡치는 거야 인지상정 아니겠는가?

하지만 난을 일으키는 건 좀 아니라고 생각했다.

반역을 도모하면 삼족이 아니라 구족이 멸문지화를 당한다.

자신은 건사할 가족이 없긴 하지만 멸족은 생각만 해도 끔찍한 일이다.

“그, 그래도 사부는 인자무적이라고··· 죄는 미워도 사람은 미워 말라는······.”

“그렇지. 인자무적이지. 하지만 악인은 대가를 치러야 해. 반드시!”

그렇게 말하는 도참의 눈에서 푸른 불꽃이 튀는 듯했다.

*　　　*　　　*

칠 주야의 주연이 이어지는 동안 목탁은 도참과 많은 이야기를 나누었고, 도참의 뼈에 사무친 원한에 대해서 알게 되었다.

또 사부의 한 많은 일생에 대해서도 자세히 들을 수 있었다.

“자네는 내가 왜 해적이 되었는지 아나?’

마룡도의 해적은 도참이 천하 대란을 일으키려고 만든 집단이었다.

많은 해적들이 특급 살수로 키워지고 있었고, 대란을 위한 자금도 비축되어 있었다.

“내가 지금이라도 마음만 먹으면 천하의 삼분지 일은 차지할 수 있네.”

목탁은 설마 했지만 도참은 호언장담했다.

"내가 키운 살수 부대를 발동시키면 천하의 고수라고 자처하는 것들을 한 달 이내에 삼 할은 저승으로 보낼 수 있지."

"그렇게 죽여서 얻는 게 뭐죠?"

목탁은 셈이 정확한 성격이다.

얻는 게 없다면 손가락 하나 까딱하지 않는다는 게 그의 상식이고 원칙이었다.

"크크큭, 공포를 심어주면 복종과 존중을 얻지. 게다가 복수의 완성은 통쾌함을 덤으로 준다네. 이보다 좋은 게 어딨나?"

"……?"

목탁은 도참의 취향이 좀 많이 별나다고 생각했다.

'돈이 생기는 것도 아니고, 배가 부른 것도 아니고, 여자도 없다면… 아무것도 아닌데, 뭐가 좋다는 거야?'

第九章
마룡대첩

도참에게 사부의 가슴 아픈 선택에 대한 이야기도 들었는데 그건 목탁의 가슴도 아프게 했다.

그 이야기를 듣고서야 비로소 목탁은 도참에게 사숙의 예를 갖췄다.

"사숙, 사부님 이야기를 알게 되어서 감사드립니다."

진도삼은 젊은 시절 무림의 고수로 이름을 날렸다고 한다.

홍건적의 난이 일어나자 대업을 외치는 주중팔과 홍건적에 가담하였다. 그 당시 주중팔은 아무 꿈도 없는 걸개승일 뿐이었다고 한다.

주중팔은 곽자홍의 수하에서 주원장으로 개명하고 그의 오른팔이 되었다.

주원장이 강남에서 세를 키우는 동안 사부는 강서성 구강(九江)에 자리 잡은 한왕 진우량의 수하 장수로 있었다.

그런데 진우량이 자신의 주군을 암살하고 패권을 잡자 수단 방법을 가리지 않는 비정함에 실망하여 사부는 후배인 주원장을 찾아갔다고 한다.

그러나 주원장은 수하 장수들이 사부가 경쟁 관계인 진우량 쪽의 첩자로 의심하는 점을 내세워 사부에게 공을 세울 것을 요구했다.

절대강자인 장사성의 수하로 들어가 내부 공작을 펼칠 것을 주문한 것이다.

이미 사부는 아내와 자식이 주원장의 수하들에게 인질로 잡혀 있는 형국이라 울며 겨자 먹기로 그들의 주문을 따를 수밖에 없었다.

주원장은 지정 26년 8월, 20만의 군대를 동원해 소주 총공격을 감행했다.

장사성은 상상 이상의 저항을 했지만 버티는 덴 한계가 있었다.

반년 이상 버틴 소주가 다음 해 6월 함락되었다.

장사성은 자살하고 관료와 장군, 선비를 포함한 20만 명이 이상이 남경으로 강제 이주되었다. 장사성 정권은 완전히 소멸되었다.

풍부한 장강 삼각주는 주원장의 수중에 떨어졌다.

그때 진도삼과 도참은 주원장의 공격을 성공시키는 데 혁혁한 전공을 세웠다고 한다.

그러나 전공에 대한 보상은 차일피일 미뤄졌다.

무사 출신인 진도삼과 도참이 바란 것은 보상보다는 무림 정화였다. 처음부터 벼슬은 생각하지 않았고 무림으로 돌아갈 생각이었던 것이다.

그러던 어느 날, 주원장은 사부와 도참에게 엉뚱한 누명을 씌워 공을 박탈하였고, 다음 순서는 먼 유배지로의 귀양이었다.

목탁은 도참의 말이 이해가 되지 않았다.

"공을 세웠는데 왜 상을 안 주고……?"

"크크크, 토사구팽이지. 적이 없는데 공을 세운 장수가 많아서 그런 걸세. 물론 나와 사형은 주원장을 이해하네. 말리고 싶어도 주변을 둘러싼 자들이 가만두지 않았을 거야."

"음, 공을 세워도 그럴 수 있군요."

"크큭, 진 사형은 바른 소리 잘하기로 유명했지. 자리가 높아지면 귀에 거슬리는 소릴 못 듣는 법이거든. 쓴소리 듣기 싫은 놈들이 손을 쓴 거지."

홍건적이 일어난 원나라 말기부터 명나라 건국 초기까지 대륙의 무림사는 완전히 개판이었다.

무림인들은 각기 이해득실에 따라 이합집산을 거듭하였다.

정파, 사파, 흑도, 백도, 마도, 녹림의 구분 없이 대혼란기였다.

천하가 합종연횡의 사분오열에서 막강 3인의 삼강 구도로 변해도 강호의 음모와 암투는 끊이지 않았다.

같은 기간 동안, 마교와 무림맹은 사활을 건 혈전을 거듭하며 사투를 벌였다.

그 시기는 무림의 최대 암흑기였다.

무림과 권력, 재력이 어우러져 대혼란을 겪은 것이다.

당금 무림의 얽히고설킨 은원과 복잡한 이해 고리는 그 뿌리가 깊고 관계가 복잡하여 쉽게 건드릴 수 있는 게 아니었다.

시대의 아픔 속에 무림과 개인의 아픔이 절절히 녹아 있었다.

"강직한 무사이던 진 사형은 음모와 간계로 얼룩진 무림 정화 운동을 펴려다 쥐새끼들에게 당하신 걸세."

목탁은 역시 권력은 비정하다는 생각이 들었다.

"어쨌든 사형과 나는 귀양도 운명이라 생각하고 받아들였지. 그런데 귀양 가던 배에 물이 차더군. 우릴 죽이기로 작정한 거지. 그때 사형과 난 살아남아서 복수하자고 결의했네. 난 판자를 하나 붙들고 구사일생으로 살아났지만 사형과는 그대로 생이별하게 됐지."

목탁은 사부와 사숙의 운명에 깊은 슬픔을 느꼈다.

세상에선 적목귀수를 해적왕이라고 손가락질하지만 목탁은 그 분노와 원한이 충분히 이해되었다.

사부가 목탁에게 한 말은 모두 사실이었다.

사부가 주원장과 황각사 마당을 빗질하던 사이였다는 것, 무림맹주인 남궁세가의 가주가 절친이라는 것. 목탁은 사부가 한 말들을 새삼 되새겨 보았다.

"난 주원장을 치기 위해서 주원장과 원한이 깊은 자들을 모았지."

남경 강제 이주를 피해서 도주한 무사와 병사들이 해적의 주축이라고 했다.

"마룡도가 세상에 끔찍하게 소문난 이유가 뭔지 아나?"

"글쎄요? 왜죠?"

"크크크, 조정으로 올라가는 세곡선을 털고 주원장의 개들인 조정 관리들을 혹독하게 다룬 탓이지."

도참의 말이 목탁은 쉽게 수긍이 되지 않았다.

"잔인한 왜구들을 앞세워 노략질해서 그런 거 아닌가요?"

"그건 부하를 모으기 어려워서 그래. 어쩔 수 없는 선택이지. 그리고 조정의 대대적인 해적소탕전을 피하려면 왜구들을 이용하는 게 효과적이기 때문이지."

도참은 자신과 사부의 꿈을 재삼 강조했다.

"혼자서 천하를 도모한다면 망상이지만 천하인이 뜻을 모으면 현실이 되는 법일세. 부디 사형의 꿈을 이루는 천하 영웅이 되어주게."

"저, 그게… 제가 그런 자질이 못 되는지라……."

"난 사형의 눈이 정확하다고 믿고 있네. 자네가 마음속에 천하를 품으면 천하의 주인이 될 수도 있어. 우선 내가 해적왕이니 자네는 나의 장자방이 되는 게 어떤가?"

목탁은 장자방이 뭔지 몰라 고개를 갸웃했다.

"장자방은 한 고조의 참모일세. 유비와 제갈공명 같은 거지."

"아, 제갈공명."

제갈공명은 목탁도 들어본 적이 있었다.

도참이 목탁의 손을 움켜잡으며 간절한 눈빛을 발했다.

"어떤가? 이 손으로 천하를 한번 잡아보지 않겠나?"

"그게… 난 그저 배부르고 등 따스하면……."

"시간이 없네. 정보에 의하면 나를 치려고 수군이 준비 중이라네. 내가 먼저 선수를 쳐야 하는데……."

도참의 진지한 당부를 목탁은 그저 꿈같은 이야기로 흘렸다.

사부는 자신을 반쪽이라며 끌탕을 했다.

아닌 말로 말이 좋아 제자지, 배운 것도 없는데…….

그냥 서로 절해고도에서 얻어걸린 처지로 사부와 제자가 된 것이다.

'나 같은 건달 놈이 천하 영웅은 무슨…….'

목탁 스스로 백번을 생각해 봐도 영웅과 자신은 거리가 멀었다.

영웅은 뭔가 그럴듯한 배경이 있고, 수많은 사람이 따르며, 사람들에게 새로운 꿈과 희망을 품게 하는 그런 게 있어야 한다고 생각했다.

그런 면에서 자신은 전혀 아니올시다였다.

목탁은 누구보다 자기 자신은 자신이 잘 안다고 생각했다.

'내가 영웅이 될 수 있을까?'

자신은 돈과 술과 여자를 좋아한다.

'뭐 영웅본색이니까 그 정도는…….'

돈은 있으면 쓰고 없으면 개긴다.

되로 받으면 말로 갚는다.

기회다 싶으면 안면 몰수하고 들이댄다.

소꼬리보다는 닭대가리 체질이다.

인생은 폼생폼사지만 때로는 꼬리 내릴 줄도 안다.

물먹으면 반드시 뒤끝이 있다.

세상은 눈치고 요령이다.

싸울 땐 선빵보다 구설신공이 더 중요하다.

하기 싫은 것도 목에 칼이 들어오면 한다.

'아, 씨바, 내가 봐도 쪼잔하네.'

목탁은 스스로를 종합 진단해 봤다.

여지없는 속물이고 잡놈이다.

주제 파악이 끝나자 결론을 내렸다.

'영웅은 턱도 없지.'

아니라고 생각되면 깨끗이 접을 줄 아는 게 목탁의 미덕이기도 했다.

그나저나 요즘 들어 한 가지 고민이 생겼다.

마룡도의 해적들이 더없이 불쌍해 보이는 것이다. 전생에 무슨 죄를 지어 저 고생들일까?

'저 사람들도 고향이 있고 가족이 있을 텐데…….'

누구든 얼굴을 보면 그의 가슴 아픈 사연이 느껴지는 기분이 들었다.

그렇다고 하나하나 붙들고 사정을 청취할 생각은 없었다.

그저 괜스레 가슴이 짠하고 가끔 남모르게 눈물을 찍기도 했다.

"저들은 해적 외에는 딱히 방법이 없는 거야. 불쌍쿠나.'

그렇다고 딱히 뭘 어떻게 하는 건 없지만 그렇게 느껴진다는 것이다. 보초 서면서 꾸벅거리고 조는 나이든 해적을 보니 또 짠하다.

목탁은 그런 자신이 어쩐지 처량하다 생각되었다.

'아, 씨바, 이거 병이네. 내가 요즘 왜 이러지?'

칠 주야의 연회가 끝나는 날부터 목탁의 송별연이 또 사흘간 이어졌다.

헤어지는 날 도참은 상선처럼 꾸민 배 한 척을 내주고 이렇게 당부했다.

"하늘이 돕는다면 난을 일으킬 걸세."

"하늘이 돕지 않으면?"

"하늘이 돕지 않으면 내가 하늘을 도와야지."

도참은 어떻게든 난은 일으키겠다는 각오였다.

목탁은 자신이 도저히 난을 일으킬 인물이 아니라는 확신을 갖고 있었기에 한편으론 도참의 그런 모습이 부럽기도 했다.

'나는 왜 저런 각오나 결의 같은 게 없을까?'

도참은 진심으로 목탁과의 이별을 아쉬워하며 배웅을 나

왔다.

목탁과 도참이 언덕 위의 망루 곁을 지나 선착장으로 걸어가는 도중에 고동 소리가 울렸다.

뿌우우~ 뿌우우~

"무슨 일이냐?"

도참이 망루 위를 보고 소리쳤다.

"수평선에 정체불명의 배들이 나타났습니다!"

"상선이면 사냥을 준비하도록 해!"

"상선이 아닙니다!"

"아니면?"

"수군의 함선으로 보입니다."

"뭐라고?"

"맙소사! 수평선이 새까맣습니다!"

도참과 목탁은 서둘러 망루 위로 올라갔다.

대선단이 마룡도를 완전히 포위한 채 다가오고 있었다.

아마도 조정에서 해적 섬멸 대작전을 시작한 것이리라.

물샐틈없는 포위망이었다.

"몇 척이나 돼 보이나?"

"백 척은 족히 넘어 보이는데요."

"흐흐흐, 언젠가 이런 때가 올 줄 알았지."

도참은 흥분하지도, 불안해하지도 않았다.

냉정, 혹은 냉혹한 모습이다.

"전 부대에 출동 명령을 내려라!"

뿌뿌뿌~

삐이이이~

고동 소리와 날카로운 호각 소리가 귓전을 따갑게 했다.

곧바로 해적들이 대오를 갖추고 명령을 기다렸다.

해적들은 언제든지 비상 출동이 가능한 체계를 갖추고 있었다.

"전투 준비 완료됐습니다."

"내가 명령을 내릴 때까지 대기하라!"

전투가 가능한 해적은 모두 사백 명가량 되어 보였다.

격군과 노역자들은 상황에 따라 도주하거나 수군에게 투항할 것이다.

함선 한 대당 전투 병력을 오십 명으로 잡으면 십 대 일의 싸움이다.

해적선은 모두 아홉 척, 승산이 없어 보였다. 강호를 뒤집을 전력이 있어도 바다에서 싸우는 건 다른 이야기인 것이다.

'어떡하지? 하루만 일찍 떠났으면 좋았을걸.'

목탁은 난감했다.

도참은 손가락으로 자신의 머리를 톡톡 두드리며 생각에 잠겼다.

"어떻게 싸우는 게 좋을까?"
"어, 그게……."
목탁은 솔직히 항복을 권유하고 싶은 마음이다.
도참이 목탁의 마음속을 들여다본 것처럼 말했다.
"항복해도 모두 죽일 걸세."
"그, 그럼 바다에서……."
"좋아, 바람도 적당하니 군사의 작전대로 하지."
'아니, 난 그냥……."
도참은 빠르게 전투 지시를 하달했다.
목탁은 졸지에 도참의 군사가 됐다.
"군사의 결정이다! 바다에서 싸운다!"
"바다에서 싸운다! 배에다 무기를 실어라!"
도참의 지시에 따라 보좌관이 부속 지시를 하달했다.
"동굴은 입구를 폭파한다!"
해적들이 소리를 지르며 일제히 선착장으로 내달렸다.
"와아아아아!!"
목탁은 가슴이 답답해졌다.
바다에서 싸우다 죽으면 자신의 결정 때문이다.
'섬에서 싸우자고 할걸.'

* * *

해적선들이 빠르게 선착장에서 출항하자 수군 함선들이 북을 울리며 몰려왔다.

둥둥둥둥!!

"해적선을 모조리 격침시켜라!!"

"한 놈도 남김없이 몰살시켜라!"

목탁이 걱정스러운 얼굴로 함교에 서 있자 도참이 다가와 어깨를 쳤다.

"우리는 저들을 뚫고 빠져나가야 해. 잘 부탁하네."

도참은 웬일인지 여유가 넘쳐 보였다.

"연줄을 풀어서 연을 날려라!"

해적선마다 대형 방패연이 하나씩 하늘로 날아올랐다.

연줄은 굵고 사다리처럼 되어 있었다.

연을 바라보는 목탁에게 도참이 다가와 연을 가리켰다.

"저기 올라가서 따라오는 함선에 이걸 던져 주게."

도참이 내민 손에는 화약 뭉치 주머니가 여럿 들려 있었다.

바람에 연줄이 흔들리긴 해도 매일 암벽을 오르내린 목탁에겐 문제될 게 없었다.

아홉 개의 거대한 방패연이 하늘로 떠올랐다.

해수면으로부터 30여 장 높이에서 연들이 나는 모습은 볼

만했다.

하늘 위는 아래의 긴박한 대치 상황과는 무관한 듯 한가로운 느낌마저 들었다.

연줄 끝까지 오른 목탁은 한쪽 발을 연줄에 감아 자세를 안정시켰다. 발아래의 해적선과 맞은편의 수군 함대 모습이 한눈에 들어왔다.

방패연마다 화약 주머니를 챙긴 해적들이 한 명씩 붙어 있다.

적목귀수 도참이 쩌렁쩌렁한 목소리로 해적선에 돌격 명령을 내렸다.

"전 함대는 곧바로 돌진하라!"

해상에서 대오를 정렬한 해적선들이 일제히 수군 함선을 향해 나아갔다. 해적들은 지금까지 해적왕을 모시고 백전백승을 거둔 전력이라 기세등등한 모습이다.

"우와아아아아!! 나가자!!"

"적 함대가 방패연 밑에 놓일 때까지 멈추지 말고 나가라!"

둥둥둥둥!!

"우와아아아!! 적군을 모두 물고기 밥으로 만들자!"

해적들은 함성을 지르고 북을 치며 한껏 기세를 올렸다.

"방패연에서 적들의 함대에 화약을 던져 모두 불태워 버릴 것이다! 크하하핫! 내가 저 옛날 적벽대전의 화공지계를 쓸 줄은 꿈에도 몰랐을 것이다."

적목귀수 도참은 대장선 앞 갑판 중앙의 함교에 올라서서 수군 함대를 바라보며 득의의 미소를 지었다.

"크크큭! 이제 곧 불바다가 되겠구먼."

"흐흐흐, 놈들이 대왕의 신묘한 작전을 어찌 감당할꼬."

"적벽 이후 최고의 해전이 되겠구먼."

해적왕의 자신만만한 모습에 부하들은 사기충천했다.

적목귀수 도참은 자신의 승리를 믿어 의심치 않았다.

"크하하핫! 마룡해전의 승자는 내가 될 것이다! 내가 바로 무경칠서(武經七書)를 통달한, 손자 이후 최고의 병법가인 줄은 몰랐을 것이다!"

"와아아! 해적왕 만세!"

하늘 위에 띄워진 방패연의 위용에 수군 함대는 당황했다.

아직 뭔지는 잘 모르지만 어쨌든 뭔가 심상치 않아 보였다.

한눈에 봐도 수군 함대가 해적보다 열 배 이상의 전력이니 해적들이 수군 함대의 위용에 겁먹고 백기 투항을 해야 정상이다.

아니면 해적들이 꼬리를 말고 도망칠 궁리를 하는 게 상식에 맞는 풍경이리라.

그런데 뜻밖에도 해적들이 당당하게 정면으로 맞장을 뜨겠다고 나온다.

이건 수군 지휘부에서 전혀 예상치 못한 일이었다.

"제독, 어떻게 할까요?"

수군제독 조자영은 부관 위수천의 말에서 우려하는 기색이 느껴지자 더 이상 미적거릴 수 없다고 생각했다.

무엇보다 일단 적의 진격을 막고 기세를 꺾어야만 했다.

이런 큰 전투는 초반 기세 싸움이 중요하기 때문이다.

해적 섬멸 작전을 총지휘하는 수군제독 조자영이 다급하게 명령을 내렸다.

"전 함대 궁수 화살 일발 장진!"

"화살 일발 장진!!"

궁수들이 일제히 활시위를 당기고 발사 명령을 기다렸다.

"준비된 사수는 발사!!"

"발사아!!"

피유! 피융!

슈, 슈, 슝!

수군 함대를 향해 다가오는 아홉 척의 해적선을 향해 무수한 화살이 날아갔다.

해적들은 이미 저마다 큼직한 나무 방패로 몸을 가리고 안전을 도모했다.

터터텅! 텅!

퍽! 퍼퍼퍽!

수군의 화살 공격은 해적들에게 아무런 타격을 주지 못했다.

적목귀수 도참은 비 오듯 쏟아지는 화살을 손에 든 부채로 모조리 쳐냈다.

"크하하핫! 얼마든지 쏴봐라! 이제 곧 모두 통구이로 만들어주마!"

해적선단과 수군 함대의 거리는 불과 이십여 장의 거리로 좁혀졌다.

적목귀수 도참의 작전대로 방패연이 수군 함대의 상공에 이르는 건 시간문제였다.

"파하하핫! 바람아, 불어라! 불놀이를 즐겨보자꾸나!!"

휘이이잉!

적목귀수 도참의 바람대로 바람이 불기 시작했다.

세찬 바람이 불자 방패연이 수군 함대의 상공에 위치했다.

"지금이다! 깃발을 들어 화약 투척을 개시하라!"

도참의 지시에 곧바로 화약 투척을 알리는 녹색 기가 올라갔다.

목탁을 비롯한 방패연에 달린 해적들이 일제히 화약탄 심지에 불을 붙였다.

곧이어 방패연 위의 해적들이 불붙인 화약 주머니를 힘차게 던졌다.

휘익!

슈슈슈~

"어, 어어, 어어……."

자신들의 머리 위로 떨어져 내리는 화약 주머니를 본 적목수라 도참과 해적들은 눈을 크게 뜨고 입을 벌려 비명을 질러댔다.

"피, 피해라!"

"으아아아아!!"

쾅! 콰콰쾅!! 콰쾅!

연이어 떨어지는 화약 주머니의 폭발 위력은 엄청났다.

해적선은 삽시간에 불바다로 변했다.

졸지에 아비규환이 된 해적선의 모습은 처참했다.

"으아아악!"

"아아악!"

"당황하지 말고 불을 꺼라! 물, 물 가져와!"

도참의 바람대로 바람이 불었지만 투척하는 순간 바람의 방향이 바뀌었다.

도참의 작전대로라면 화약 주머니는 수군 함대에 떨어져야 한다. 그런데 화약 주머니는 바람의 방향이 바뀐 탓에 고스란히 해적선에 떨어졌다.

옷에 불이 붙은 해적들이 비명을 지르며 갑판을 뛰어다녔다.

"으아아아~!"

옷에 불이 붙은 해적들은 갑판 바닥을 구르고 바다로 뛰어들며 삽시간에 궤멸 지경이 됐다.

처참한 눈앞의 상황에 적목수라 도참은 망연자실하였다.

눈앞의 현실이 마치 꿈처럼 느껴졌다.

도참은 하늘을 우러러 울부짖었다.

"아아, 하늘은 왜 나를 돕지 않는가?"

뜻밖의 전과에 해적 섬멸 총지휘관 수군제독 조자영은 입이 귀에 걸렸다.

"파하하핫! 하늘이 어찌 쥐새끼 같은 도적들을 돕겠느냐? 하늘이 네놈들을 벌한 것을 모르느냐? 당장 무기를 버리고 투항하면 살 것이로되 저항하는 놈은 모두 물고기 밥이 될 것이다!"

"나의 병법엔 항복이나 후퇴 따위는 없다!"

작전 실패에도 불구하고 도참은 투항할 의사가 전혀 없어 보였다.

입술을 굳게 다물고 죽음을 각오한 비장한 모습이다.

수군제독 조자영이 그런 도참을 비웃었다.

“네놈의 병법에 항복과 후퇴는 없고 자기 배에 불 지르는 건 있느냐?”

“카하하하하학! 크크크큭!”

제독 조자영의 말에 수군들이 발을 구르며 마구 웃어댔다.

도참은 비분강개하며 사자후를 터뜨렸다.

“닥쳐라! 장수가 작전에 실패하는 것은 병가지상사임을 모르느냐?”

방패연에 달려서 지켜보는 목탁은 어찌해야 할지 난감했다.

도참은 저들이 항복해도 해적들을 모두 죽일 거라고 했다.

그렇다면 선택은 세 가지다.

첫째는 저들 손에 죽기 전에 스스로 죽는 것.

자결이다. 흔히들 스스로의 존엄을 지킬 수 있다고 한다.

말은 그럴듯하지만 존엄보다는 목숨을 지키고 싶다.

‘존엄은 개뿔, 개똥밭에 굴러도 이승이지’

둘째는 싸우다 죽는 것.

한 놈이라도 적을 죽여 황천길 동지를 만들 수 있다.

하지만 황천길도 별로 가고 싶은 길이 아니다.

‘그런다고 내가 사는 게 아니잖아.’

셋째는 항복한 다음 저들 손에 죽는 것.

모욕을 당하고 비참한 생을 마감한다.

생각하기도 싫은 끔찍한 일이다.

'모양도 빠지고 존심도 상하고. 이것도 아니야.'

어찌 되든 모두 죽음에 이른다는 결론이다.

목탁은 모두 마음에 들지 않았다.

호랑이에게 물려가도 정신만 차리면 살 수 있고, 하늘이 무너져도 솟아 날 구멍이 있다는데…….

'살아서 특별히 이뤄야 할 대업 같은 건 없지만, 죽기엔 아직 젊지 않은가?'

혼례를 안 치렀으니 죽어서 몽달귀신이 될 텐데, 그것도 마음에 안 든다.

그렇다면 좀 치사하지만 목숨을 구걸해야 한다는 결론에 이른다.

어떻게 목숨을 구걸해야 통할까?

'눈물로 호소해 볼까?'

그런데 살려줄지 도무지 확신이 없다.

도박을 많이 해봤지만 확신 없는 판에는 절대로 지르지 않았다.

지금은 목숨을 건 도박이나 마찬가지다.

문제는 자신에게 패도 없고 판돈도 없다는 것이다.

허세를 부리고 싶어도 지금은 부릴 건더기가 없다.

"아, 씨바, 아무리 생각해도 방법이 없네."

그때 수군제독 조자영이 천국의 복음을 전했다.

처음에 목탁은 잘못 들었지 싶어 자신의 귀를 의심했다.

"방패연에 달린 자들은 들어라! 너희들이 살 길을 일러주겠다! 나는 너희를 해적선 격파의 일등공신으로 대우해 주겠다!"

말인즉슨 방패연에 달린 해적들은 해적 섬멸의 공이 크므로 지금 투항하면 일절 죄를 묻지 않고 방면해 주겠다는 것이다.

그의 말대로 수군이 손대지 않고 코 풀게 해준 셈 아닌가.

해적들은 죽느냐 사느냐 기로에서 전전긍긍하는 중이다.

그런데 일등공신 대접에 무죄 방면이면 완전 대박이다.

해적이 해적 섬멸의 일등공신이라는 건 좀 우스운 일이긴 하다.

좌우간 목탁의 귀에는 조자영의 목소리가 선녀의 음성처럼 감미롭게 들렸다.

'하늘이 무너져도 솟아날 구멍이 있다더니 역시 옛말이 그른 게 없네.'

목탁의 눈에는 하늘에 오색찬란한 무지개가 뜬 것으로 보였다.

목탁은 진심으로 하늘을 우러러보며 감사했다.

'앞으로는 죽을 때까지 착하게 살아야지.'

사실 조자영이 일등공신 운운한 건 해적들이 예뻐서 그런 게 아니었다.

아직도 그들은 하늘에 떠 있고 화약 주머니를 갖고 있다.

재수가 좋아 바람의 방향이 바뀐 덕분에 수군 함대가 화를 면하고 해적선이 아수라장이 됐다.

만약 바람의 방향이 바뀌지 않았다면 수군 함대가 끔찍한 꼴을 당했을 것이다.

조자영은 그런 생각을 하자 몸서리가 쳐졌다.

'으흐흐, 하늘이 날 도우신 게지.'

바람이 또 한 번 입맛대로 불어준다는 보장은 어디에도 없었다.

아차하면 다음엔 자신의 수군 함대가 불길에 휩싸일지도 몰랐다.

그렇다면 서둘러 특혜를 베풀어 위험을 미연에 방지하는 게 상책이었다.

결국 마룡대첩을 안전하게 마무리하려는 고도의 전략인 것이다.

역시 백전노장의 지략은 효과가 있었다.

방패연에 올라가 있던 해적들이 하나둘 내려오기 시작했다.

'후후후, 됐다. 이걸로 작전 끝났어.'

조자영은 내심 미소를 지으며 그런 지략을 발휘한 스스로를 대견해했다.

'잘했어, 조자영! 그 정도면 제독 자격 충분하다.'

무경칠서에 통달한, 자칭 손자 이후 최고의 병법가 적목귀수 도참은 병법의 대가답게 즉각 조자영의 의도를 파악하고 방패연에 달린 부하들에게 하강 중지를 외쳤다.

"멈춰라! 내려오면 모두 죽는다!"

내려오던 부하들이 움찔하며 동작 그만 상태가 되었다.

도참은 부하들에게 불리함을 극복하고 전세를 역전시킬 전략을 발표했다.

"아차 실수로 우리 배가 탔지만 화약을 제대로 던지면 적선을 모두 불태워 버릴 수 있다! 전반전은 망했지만 선수는 후반전이다!"

당시 격구가 전, 후반을 뛰었는지는 분명치 않지만 격구가 격렬한 운동임을 감안할 때 무리한 발언은 아닐 것이다.

도참의 발언에 화들짝 놀란 조자영은 황급히 2차 선무공작을 펼쳤다.

"해적들은 들어라! 승패는 이미 결정이 났다! 저항하다 죽으면 개죽음이다! 속히 내려와 항복하고 새로운 인생을 살아라! 전공을 세운 만큼 무죄 방면은 물론, 원한다면 수군에서 근무

할 수 있도록 해줄 것이다!"

목숨을 구하고 무죄 방면만 해도 감지덕지한데 수군 근무가 없어지자 연줄 위의 해적들 얼굴이 밝아졌다.

그러자 도참이 즉각 해적들의 정신줄을 당겼다.

"개수작이다! 속지 마라! 나도 전공을 세웠으나 주원장에게 뒤통수 맞았다! 귀양을 가다 간신히 죽음을 면한 걸 너희들도 알지 않느냐?"

"맞다! 우리를 무장 해제시킨 다음 죽이려는 수작이야!"

주원장에게 원한이 깊은 소주 출신의 해적들은 다시 연줄 위로 올라갔다.

그 모습을 본 조자영은 다급해졌다.

해적들에게 더 좋은 미끼를 던져 주고 그걸 물면 단 한 명의 피해도 없이 해적 섬멸 작전은 만사형통이 될 수 있다.

'만에 하나 화약이 수군 함대에 떨어지면 몇 명이 불에 타 죽고 바다에 빠져 죽을지 모른다.'

조자영은 뭔가 특단의 조치가 필요하다고 생각하여 승부수를 던졌다.

"대명제국 수군제독의 이름을 걸고 너희들의 안전을 보장하겠다! 또한 해적선 격파에 대한 공로로 황금 백 냥씩을 하사하겠다! 수군 근무가 적성이 아닌 자는 육상 근무를 보장한다!"

황금 백 냥에 지상 근무 택일이라니, 이 정도면 파격을 넘어 황공무지한 최고의 혜택이라고 해도 과언이 아닐 것이다.

목탁은 뒷골목 승부사의 감으로 지금이 기회라고 판단했다.

'지금 질러야 해!'

第十章
하늘에 뜻을 세 번 묻다

"긴급 제안입니다!"

목탁의 외침에 사람들의 시선이 쏠렸다.

조자영이 이마에 손을 대고 소리의 주인공을 찾았다.

"누구냐? 속히 말하라!"

"불초 소생은 해적의 군사 목탁이라고 합니다!"

교섭에는 간판이 필요했다.

도참이 군사라 했으니 그 지위를 쓰기로 한 것이다.

조자영이 해적 대장선의 연줄에 매달린 목탁을 올려다보고 소리쳤다.

"긴급 제안이 무엇이냐?"

"먼저 대명제국 수군제독님의 배려와 조건에 깊이 감사드립니다!"

자신의 조치를 받아들이는 것으로 해석한 조자영은 기분이 좋았다.

"그렇다면 속히 내려와 투항하라! 네 이름을 해적 섬멸 공훈록 첫머리에 올리겠다!"

"감사합니다, 제독님! 형제들 중 투항한 뒤 처벌받을 것을 두려워하는 사람이 있습니다!"

"내가 제독의 이름을 걸고 안전과 보상을 보장한다고 하지 않았느냐?"

"그 보장을 문서로 작성하고 보증해 주시길 원합니다!"

"좋다! 그리하도록 하겠다!"

조자영은 망설임 없이 호쾌하게 대답했다.

그러자 해적들이 술렁거리기 시작했다.

"진짜로 안전이 보장되면 해적질 그만둘 수 있겠네."

"저 친구 똑똑하네. 우리도 새 인생을 살게 되는 건가?"

"근데 저 친구가 우리 군사야?"

"대왕이 아까 그렇게 불렀어."

분위기가 투항 쪽으로 기울자 도참이 소리쳤다.

"내가 바로 전공을 세운 일등공신이었다! 문서 따위는 찢어

버리고 불태워 버리면 말짱 헛것이라는 걸 왜들 모르느냐?"

"하긴 오리발 내밀면 대책 없네."

"그렇지. 종이 쪼가리가 뭔 대책이 되겠어."

"맞아, 없던 일로 하면 우린 다 죽는 거야."

"그래, 이래 죽으나 저래 죽으나 어차피 죽는 거……."

분위기가 다시 반전되자 조자영이 재차 믿음을 강조했다.

"전장에서 장수의 말은 무거운 법이다! 나를 믿어라! 너희들의 안전과 보상은 내가 책임지고 보장한다! 다른 해적 역시 마찬가지다!"

목탁은 지금이 바로 자신이 나설 때라고 판단했다.

"형제들이여! 제독님께선 형제들 모두 살길을 열어주셨다! 살길을 마다하고 죽음을 택하는 것처럼 어리석은 일이 어디 있겠소? 우리 스스로 우리를 섬멸하는 공을 세웁시다!"

조자영은 목탁이 맘에 들었다.

머리통이 동글동글 예쁜 놈이 말도 예쁘게 한다고 생각했다.

"형제들! 나는 황제폐하의 보증을 제독님께 주청하겠소!"

조자영은 황제폐하 이야기가 나오자 잠시 주춤했다.

그러나 대첩의 대미를 장식하는 중요한 순간이다.

뭐든 질질 끌어서 좋은 꼴 본 적이 없다.

"좋다! 내려와서 폐하께 올릴 진언을 고하라!"

도참은 처절한 목소리로 외치며 목탁의 하강을 만류했다.

"목탁! 안 된다! 내려오면 죽는다!"

"전장에서는 왕이라도 군사의 지휘를 따라야 합니다."

"그렇다면 네 군사 지위를 거두겠다."

"전장에서 그런 법은 없습니다, 사숙. 사숙과 군사인 저의 의견이 다르니 사나이답게 주사위를 던져서 높은 수가 나오는 쪽의 의견에 따르는 게 어떻습니까?"

뜬금없는 목탁의 주사위 던지기 제안에 도참은 잠시 망설였다.

'주사위 제안을 하는 건 그만큼 많이 던져 봤다는 거겠지?'

평생을 목숨 건 승부로 살아온 도참이다.

무엇이든 승부라면 질 수 없다는 게 기본 생리였다.

그러므로 불리한 승부는 일단 사절이다.

"무사의 승부는 무공으로 가리는 것이다. 주사위가 웬 말이냐?"

"지금은 누가 강한지를 가리는 것이 아니고 선택의 문제입니다."

"난 그따위 선택은 하지 않겠다."

"대명제국 제독께서 우리 모두 사는 길을 보장했습니다."

"난 그따위 보장은 믿지 않는다."

"사숙, 주사위 선택이 싫다면 가위바위보 승부는 어떻습니까?"

"가위바위보?"

"일단 제가 밑으로 내려가겠습니다."

연줄에서 내려온 목탁이 수군제독 조자영에게 소리쳤다.

"승부는 정정당당, 공정해야 하는 법! 제독님께서 심판을 봐주십시오!"

"어, 내가 심판을……?"

조자영이 뜸을 들이자 목탁이 채근했다.

"마룡대첩의 대미를 장식하는 가위바위봅니다! 대명제국 해전사에 전무후무한 가위바위보인 만큼 정확하고 엄정한 심판이 필요합니다!"

조금 찝찝하지만 역사에 남을 해전이라는 말에 조자영 제독은 심판을 보는 것에 동의했다.

"좋다! 바다 사나이의 승부는 공정해야지! 배를 가까이 대라!"

제독의 배가 해적선 옆으로 붙었다.

"해적 군사 목탁이 제독님을 뵙습니다."

"조자영이라 하오."

"도참이외다."

수인사가 끝나자 승부에 대한 규칙을 논했다.

규칙은 군법에 밝은 조자영이 정하는 대로 따르기로 하였다.

“만사는 하늘의 뜻에 달린 것이니 하늘의 뜻을 세 번 묻는 뜻에서 승부는 삼세판으로 하겠소. 동의하시오?”

“동의합니다.”

도참과 목탁이 대원칙에 동의하자 세부 규정이 정해졌다.

“대결 방식은 정면 승부와 후면 승부가 있는데 정면 승부는 상대의 기색을 살피는 등의 수작이 있을 수 있으므로 후면 승부로 하겠소.”

“잠깐, 사나이 승부는 정면 승부지!”

주원장에게 뒤통수 맞은 경험이 있는 도참이 강력하게 정면 승부를 주장했다.

“하나 정면 승부는 재판독이 불가한 만큼 자칫 우격다짐 초식이 펼쳐지면 곤란하오.”

“정면 승부가 아니라면 난 승부에 응하지 않겠소이다!”

도참이 배수의 진을 치고 나오자 목탁이 한발 양보했다.

“좋습니다. 정면 승부로 가죠. 그 대신 정확한 판독을 위해서 부심 두 명을 두죠.”

“하하핫! 상황 판단이 뛰어난 군사가 있으니 해적들의 복이오. 좋소, 부심은 공정하게 내 수하 장수로 하겠소.”

지금 조자영은 은근히 목탁을 띄워주는 발언을 했다.

도참의 심기를 흐트러뜨리려는 고도의 전략이다.

심리전에 말리면 결정적인 실수를 범하는 걸 잘 아는 까닭이다. 어쨌거나 목탁이 이겨야 해적들이 순순히 투항하지 않겠는가?

고수들의 승부에서는 미세한 차이가 승부를 결정짓는 경우가 왕왕 있다.

무경칠서에 통달한, 자칭 손자 이후 최고의 전략가 도참이 조자영의 수작을 모를 리 없다.

'흥, 내 심기를 흐트러뜨리겠다 이거지?'

도참은 이의 제기를 하는 대신 역공작을 구상했다.

상대에게 결정적 혼란을 주는 것은 역정보다.

"나는 어린 시절 이후로 가위바위보를 해본 적이 별로 없소. 승부에 들어가기 전에 연습을 좀 하고 싶은데 괜찮겠소?"

"좋소, 연습을 허락하겠소."

"어릴 때 주먹을 잘 내서 별명이 주먹대장이었는데… 지금은 어떨지 모르겠네."

일단 상대에게 과거의 전과를 흘림으로써 계산을 복잡하게 만드는 혼돈계다.

주먹을 이기려면 보를 내야 한다.

그러나 상대는 그 점을 노려서 가위를 내 승부를 결정짓는다.

고전적인 수법이지만 의외로 잘 먹힌다.

'주먹이면 보를 내야 하는데, 그걸 노리고 가위를 내겠지.

그럼 난 역발상으로 주먹을… 아니지. 그러다 상대가 보를 내면 망하니까 최소한 비길 수 있는 가위를…….'

상대가 복잡하게 머리 굴리다 내는 동작이 둔해질 수도 있다.

두 번 그리 되면 늦은 출수는 부정으로 간주되어 실격패를 당한다.

휘이이이이~

팽팽한 긴장감이 흐르는 갑판 위에 바람이 불었다.

마주 선 목탁과 도참의 거리는 불과 두 걸음.

도참은 이마에 붉은 띠를, 목탁은 푸른 띠를 맸다.

해적들과 수군들의 이목이 두 사람에게 집중되었다.

꿀꺽!

이따금 마른침 넘기는 소리가 갑판 위의 정적을 깼다.

주심과 부심, 선수 소개가 끝나자 해적과 수군들의 환호성이 울려 퍼졌다.

"와아아! 한 번 해적은 영원한 해적! 끝까지 싸우자! 해적왕 만세!"

도참을 응원하는 일전불사 해적 강경파들의 환호였다.

세상이 그리운 해적들은 목탁을 응원했다.

"가자! 세상으로! 목탁 군사님, 힘내세요! 아자!!"

조자영이 카랑카랑한 목소리로 대결 선언문을 낭독했다.

"선언문! 본 대결은 마룡대첩의 대미를 장식하는 거룩한 의식이다. 하늘의 뜻을 세 번 묻고 그 뜻에 따른다. 하늘의 뜻이 정해지면 하늘과 땅과 바다에 그 뜻을 알리고 사람이든 귀신이든 그 뜻을 거스르지 못한다. 부정행위자는 손가락을 자른다. 판정 불복자도 손가락을 자른다. 주심 제독 조자영."

선언문 낭독이 끝나자 대결 개시를 알리는 북이 울렸다.

둥두두둥둥!!

"양 선수 팔 위치로!"

도참과 목탁이 팔을 가슴 높이로 올리고 주먹을 쥐었다.

도참은 매서운 눈으로 목탁을 쏘아보았다.

그는 내심 자신 있었다. 그의 쾌속 무비한 검법만큼 손이 빠른 걸 자타가 공인하기 때문이다.

'제아무리 빠른 변칙무사라도 내 눈은 못 속인다.'

조자영이 소리를 딱딱 끊어서 발음했다.

"가위! 바위! 보!"

두 사람이 동시에 보를 냈다.

"가위! 바위! 보!"

"청띠 1승!"

"이, 이럴 수가!"

도참이 주먹, 목탁은 보를 냈다.

도참의 얼굴이 일그러졌다.

믿을 수가 없었다. 분명히 목탁이 가위를 내는 걸 봤는데…….

심증은 가지만 물증이 없고 판독은 불가했다.

주, 부심은 목탁의 승을 선언했다. 판정에 불복하면 손가락을 내줘야 한다.

도참은 분하지만 패배를 인정해야 했다.

승부는 계속 진행되었다.

"가위, 바위, 보!!"

목탁 주먹, 도참 가위로 승부가 결정되었다.

주심은 한 손으로 하늘을 찌르는 화려한 동작으로 목탁의 승리를 선언했다.

"청띠~ 2승! 승부 끝!"

"와아아아!"

귀향을 꿈꾸는 해적들과 수군들이 환호성을 올렸다.

삼세판이지만 단 두 판으로 승부가 난 것이다.

객관적으로 봤을 때 단순 명료하고 깔끔한 승부였다.

목탁은 주심 조자영의 축하 인사를 받으며 도참에게 위로의 말을 건넸다.

"하하하! 사숙, 오늘은 제가 운이 좋았습니다."

도참은 도무지 믿어지지가 않았다.

뭔가 야료가 있는 것 같았다. 이대로 승복하기엔 뭔가 억울했다.

도참은 패인을 분석하는지 말없이 생각에 골몰했다.

"……."

사실 건달 시절 목탁은 각종 도박에 이골이 난 타짜였다.

외국의 상선들이 정박하는 항구도시마다 도박이 성행했다.

어린 시절부터 물방개 집 찾기, 사마귀 싸움, 쥐 경주, 주사위 굴리기로 기초를 튼튼히 하였고, 수상 경주, 투견, 투계를 일상으로 즐겼으며, 밤낮을 가리지 않고 마작, 골패를 탐닉했다.

특히 포르투갈 상인들이 원나라 시절에 전수한 딱지놀이 카르타가 그의 전공이었다.

48장 1조의 천정(天正) 카르타 딱지놀이를 청도에선 화쟁이라 하였다.

포르투갈 상인들이 왜국에 딱지놀이를 전하자 왜인들은 화투라고 이름 붙였다.

건달 이삼사는 잘나가는 화쟁 선수였다.

최고의 기술자로 승부를 마음대로 결정지을 수 있었다.

'손은 눈보다 빠르다!'

제아무리 눈을 부릅뜨고 봐도 못 잡아낸다.

귀신도 속일 수 있는 게 카르타 타짜 이삼사의 손이었다.

침묵하던 도참은 선선히 목탁의 승리를 축하했다.

“하하하! 내가 졌네. 축하하네.”

“하하, 사숙께서 봐주신 덕분이죠.”

“첫 판은 내가 졌지만 둘째 판은 양보 없을 거야.”

“에?”

“……?!”

도참의 발언에 잠시 정적이 흐르고 묘한 긴장이 이어졌다.

“저, 승부는 삼세판으로…….”

“그래, 세 판 중에 내가 한 판 졌으니 두 판 남았잖나?”

“어? 아니, 그게…….”

주심 조자영은 도참이 억지를 부린다고 생각했다.

‘자식이… 지저분하게 나오네.’

조자영이 품에서 붉은 딱지를 꺼내 들려는 참이었다.

주심이 승부 불복을 선언하면 도참은 손가락을 잘라야 한다.

도참은 당당하게 좌중을 돌아보며 자신의 주장을 폈다.

“혹시 내가 억지를 부린다고 생각하시오?”

조자영은 물론 모두가 도참이 억지를 부린다고 생각했다.

“아까 제독이 선언문 낭독에서 분명히 하늘의 뜻을 세 번 묻는다고 하지 않았소? 나는 분명히 이번 판을 졌소. 만약 이대로 대결이 끝이라면 하늘의 뜻을 세 번 물은 게 아니고 한 번 물은 것이오! 이대로 끝이면 선언문대로 대결이 이뤄지지 못한 것 아니오? 나는 대회 운영에 미숙한 주심의 책임을 물어 대회 무산을 선언하겠소! 주심은 답하시오! 끝이오, 계속이오?"

도참의 사리에 맞는 칼날 같은 추궁에 조자영은 등에서 진땀이 흘렀다.

"계, 계속이오."

第十一章
전서구를 날려라

도참은 세밀한 패인 분석에 들어갔다.

누구보다 빠르다고 자부했는데 결과는 패배다.

상대를 가벼이 보고 자만하여 첫판을 헌납하고 말았다.

'지피지기해야 하는데… 지피가 부족했어.'

도참은 자신의 예측보다 빠른 목탁의 손놀림에 내심 크게 놀랐다.

쾌속무비한 자신보다 빠를 줄은 전혀 예상을 못했다.

우선 안력을 최대한 높여 목탁의 손동작 변화를 감시해야 한다.

만약에 반칙을 탐지한다면 가차 없이 응징하리라.

'분명히 뭔가 장난이 있어 보였는데…….'

승부에서 한 번은 실수라고 할 수 있다. 그러나 선수는 두 번 실수하지 않는다.

이번에는 손상된 자존심을 회복하고 반드시 명예를 되찾으리라.

도참은 화려한 복수를 꿈꾸며 목탁 앞에 마주 섰다.

둘째 판을 앞두고 도참은 호흡을 고르며 내공을 최대한 끌어 모았다.

"후우우~"

전광석화 같은 출수로 상대 출수의 예봉을 꺾으리라.

도참은 매끄러운 출수를 위해 손가락에 콧기름을 두 번 발랐다. 그리고 장심을 하늘로 향하고 손등을 엄지로 밀어 주름을 만든 다음 가늘게 실눈을 뜨고 손등에 잡힌 주름 개수를 세었다.

주름 개수를 따져 처음에 무엇을 낼지 미리 정하는 전통적인 의식이다.

손등에 잡힌 주름은 모두 여섯 개였다.

'가위, 바위, 보, 가위, 바위, 보.'

도참이 처음 낼 것은 '보'로 결정되었다.

'자, 이제 인간으로서 할 수 있는 일은 다 했다.'

도참은 이제 승부는 하늘에 맡기는 마음으로 결선에 섰다.

그때 목탁이 말을 걸어왔다.

"만약에 둘째 판도 사숙께서 질 경우엔 어떡하시겠습니까?"

"내가 둘째 판을 진다면 깨끗이 패배를 인정하겠네."

그러자 목탁이 빙그레 미소 지었다.

뭔가 의미 있는, 살짝 신경 쓰이는 그런 미소였다.

도참은 그 미소의 의미를 몰라 고개를 갸웃했다.

"이것으로 사숙 스스로 지금 억지를 부리고 있다는 걸 인정하신 겁니다."

"……!"

목탁의 말에 모두 호기심을 보이며 다음 말을 기다렸다.

"어, 억지라니? 난 엄정하게 하늘의 뜻을……."

억지를 부린다는 목탁의 말에 도참이 당황하여 말을 더듬었다. 목탁은 유쾌하게 웃으며 도참의 오류를 날카롭게 지적했다.

"하하하! 사숙은 분명 하늘의 뜻을 세 번 물어야 한다고 했지요?"

"그랬지. 선언문에 분명히……."

"그 주장대로라면 두 번째 판을 져도 하늘의 뜻을 한 번 더 물어야 하므로 세 번째 판을 진행해야 합니다."
"어? 그게 그러네."
그랬다. 이미 결정된 뜻을 더 묻는 건 모양이 이상하다.
지켜보던 사람들과 주심을 맡은 조자영 제독이 맞장구를 쳤다.
"맞소이다! 삼세판이라 함은 본디 삼판양승이 원칙이오!"
"그렇습니다. 하늘의 뜻을 반드시 세 번 물어야 한다면 2패 이후 의미 없는 세 번째 판을 겨뤄야 하니 그야말로 사족이 아니겠습니까?"
부심을 본 부관 위수천도 목탁의 말에 동의했다.
"그러네. 두 판 지면 끝이지. 그렇게 따지면 벌써 승부는 끝난 거였네."
위수천이 문제의 핵심을 짚었다.
"문제는 삼세판을 한 번의 승부로 볼 것인지 각 가위바위보 한 번을 승부 1회로 볼 것인지 명확하게 정해 놓고 시작하지 않은 탓이라고 봅니다."
그러나 이내 찌푸렸던 도참의 미간이 다시 펴졌다.
"삼판양승의 원칙엔 나도 동의하네. 그러나 우리는 하늘의 뜻을 세 번 묻기로 동의한 것도 사실일세. 내가 억지를 부리는 것은 아니지. 억지라 함은 근거 없는 말로 우기는 것 아닌가?"

이번에는 도참이 목탁의 지적을 날카롭게 반격하며 공세를 취했다. 듣고 보니 도참의 말도 틀린 점은 없었다.

목탁은 급히 포권을 하고 도참에게 사과를 했다.

"사숙의 말씀이 맞습니다. 제가 억지라고 말한 건 제 잘못입니다."

"앞으로 지적질을 할 땐 좀 더 신중해야 할 걸세."

도참은 목을 꼿꼿이 세우고 존심도 세우고 눈을 내리깔았다.

부심을 맡은 조자영의 부관 위수천이 앞으로 나섰다.

"작금의 사태는 논리의 오류로 인해서 일어난 일이니 누구의 잘잘못을 따질 수 없습니다. 무엇이든 뚫는 창과 절대 뚫리지 않는 방패의 고사, 모순과도 같습니다."

조자영과 도참이 고사를 인용한 위수천의 말에 고개를 끄덕였다.

"맞아. 씨앗이 먼저냐, 열매가 먼저냐 하는 것처럼 답 없는 얘기이네."

"닭이 먼저냐, 알이 먼저냐 하는 것과 똑같군."

"닭과 알의 문제는 답이 있습니다. 우리가 달걀이라 함은 닭의 알이라는 뜻이니 닭이 우선함을 알 수 있지요"

"흠~ 그게 그런가?"

조자영은 위수천의 말에 수긍하고 고개를 끄덕였다.

그러나 젊어서부터 문사 취향이 강한 도참은 그냥 넘어가지 않았다.

"그건 언어학적으로 그런 것이지 과학적인 정의는 아니오. 화약과 철포가 만들어질 만큼 과학이 비약적으로 발전을 거듭하는데 수사학적인 관점에서 생물의 우선순위를 논하는 것은 비과학적이며 논리의 타당성이 없소이다."

"어, 그, 그건……."

도참의 논리적인 지적에 위수천이 말을 잇지 못하고 버벅거렸다.

이야기의 흐름이 엉뚱하게 빗나가자 조자영이 나서서 중심을 잡았다.

"에, 지금 시급한 건 가위바위보에 관한 겁니다."

"난 삼판양승 원칙을 존중합니다. 그러나 하늘의 뜻을 세 번 묻기로 한 선언문도 중요하므로 논란의 여지를 없애기 위해 오판삼승제를 제안하겠소이다."

도참은 상대를 존중하는 척하며 전체 승부를 두 판 더 늘려 장기전을 만들어 자신의 입지를 넓히는 전략을 펼쳤다.

그러나 이미 이기고 있는 목탁의 입장에선 승부를 더 늘릴 이유가 없었다.

"좋은 제안이긴 하나 이 대 이가 되면 이미 하늘의 뜻을 네 번이나 묻게 되니 그것은 삼세 번 묻기로 한 선언문을 위반하는 게 됩니다."

"어? 그게 또 그러네."

도참의 은근슬쩍 묻어가기 장기전 계획은 난관에 봉착했다. 하늘의 뜻을 세 번 묻는 것을 꼬투리 잡아 대결 횟수를 늘리는 건 어렵게 됐다.

전전긍긍하는 도참의 모습은 목탁이 보기에도 좀 안쓰러웠는지 잠시 고민하는 척하며 뜸을 들이다 입을 열었다.

"저는 삼판양승이든 오판삼승이든 다 좋습니다."

목탁이 선뜻 도참에게 양보의 뜻을 내비쳤다.

그제야 도참의 안면에 화색이 돌고 웃음이 터져 나왔다.

"하하하! 군사가 그만큼 승부에 자신이 있다는 건가?"

"승패야 하늘의 뜻에 달린 거지만, 하늘의 뜻을 몇 번 더 묻는 것은 그만큼 대사에 신중을 기하는 것 아니겠습니까? 저는 선언문보다는 하늘의 뜻이 더 상위에 있다고 봅니다. 심판진에서 오판삼승제에 동의해 주실 것을 정식으로 부탁드립니다."

"어, 그게… 대결 당사가가 그리 생각하면 우리도 그렇게 하겠네."

목탁의 전적인 양보로 대결은 삼판양승에서 오판삼승제로 바뀌었다.

도참은 목탁이 자신의 체면을 세워준 것을 내심 고맙게 생각했다. 이로써 목탁은 사숙에 대한 예의를 충분히 갖추고 배려한 것이다.

사실 목탁은 몇 수 앞을 보고 나름 치밀한 전략을 구사한 것이다.

엉겁결에 애들 장난 같은 가위바위보를 하게 됐지만 도참이 지고 나서 곱게 승복하지 않으면 승부는 도로 아미타불이 된다.

다시 말해 나중에 도참이 지고 나서 딴소리 못 하게 미리 양보해서 못을 박아두는 것이다.

"가위, 바위, 보!"

도참이 보, 목탁이 주먹을 냈다.

도참이 한 판을 이겨 승부에 긴장감이 생겼다.

"아자! 아자자자!!"

한 번 이긴 도참은 애들처럼 팔딱팔딱 뛰며 좋아했다.

사실은 목탁이 선수 기 살리는 차원에서 한 판 져 준 것이다.

'흐흐! 사숙, 밀당이외다.'

애초에 도참은 목탁의 상대가 안 되지만 목탁은 관객 배려 차원에서 일부러 승부를 아슬아슬하게 연출했다.

내막을 모르는 관전자들은 손에 땀을 쥐며 선수의 사기를 북돋는 응원에 열을 올렸다.

팽팽한 승부에 모두들 마른침을 삼키며 혀로 입술을 핥았다.

마지막 판을 앞두고는 관전자들이 모두 어깨동무를 했다.

목탁을 응원하는 측은 응원가로 최신 유행가를 선곡했다. 마룡도 앞바다에 때아닌 강호인의 애창가 '낭만검객'이 울려 퍼졌다.

야야~ 야야야야~ 야야야야 야야야~
검 한 자루 옆에 끼고 방랑하는 검객들아
마도 사도 흑도 세력 제아무리 세다 해도
정도 백도 의협검객 이길 수가 있겠느냐?

도참을 응원하는 소주 출신의 해적들은 '소주의 눈물'을 목이 터져라 불렀다.

장사성의의 죽음을 애도하는 소주인의 한이 서린 애가(哀歌)였다. 소주의 눈물을 듣는 도참의 눈에 얼핏 눈물이 맺히기도 하였다.

대장부 칼 차고 말을 달렸지
군웅이 할거하며 자웅 겨뤘네

소주의 대협객 피에 젖은 칼자루
장사성의 눈물이냐 소주의 설움

현재까지 경기 결과는 이 대 이, 이제 마지막 승부다.
병사 중에 진중일기를 쓰는 한 병사는 그날의 승부를 이렇게 적었다.

—최후의 결전에 이르자 바람이 멈추고 파도가 잠잤다. 해적 군사 목탁이 보를 내 해적왕을 보내 버렸다. 해적왕 도참은 자신이 낸 주먹으로 자기 머리를 쳤다. 이로써 해적 섬멸 마룡대첩이 막을 내렸다.

*　　　*　　　*

도참은 아쉽지만 기꺼이 자신의 패배를 인정했다. 목탁은 제독과 전후 협상을 일사천리로 타결하였다
목탁과 제독의 부관 위수천이 황궁에 가서 황제에게 대첩 결과를 보고하고 무죄 방면과 보상을 인가받으면 즉시 전서구를 마룡도로 보내는 것에 합의했다.
목탁의 요구 조건은 치밀했다.

첫째, 해적과 수군 대표가 이곳을 벗어나면 해적들은 모두 투항한다.

둘째, 근무를 원하는 해적은 병사들과 같이 훈련을 받는다.

셋째, 노략질한 재물은 제독에게 양도하고 전공에 따라 보상받는다.

넷째, 조약의 이행은 사절이 보낸 서찰이 당도한 즉시 시행한다.

목탁을 태운 수군 함선이 마룡도 앞바다를 떠났다.

해적들과 수군들이 사이좋게 모여서 손을 흔들어주었다.

"군사님! 잘 다녀오세요!"

목탁도 웃으면서 오래도록 손을 흔들어주었다.

두 시진 이후 방패연에 올라가 있던 해적들이 내려왔다.

*　　　*　　　*

목탁이 탄 함선은 순풍을 받고 순조로운 항해를 하고 있었다. 그가 함선에 오르기 전, 도참은 몇 가지 긴밀한 당부를 하였다.

"가는 동안 아무도 믿지 말게. 내 걱정은 말고 뭔가 수상하다 싶으면 망설이지 말고 언제든 도망치게. 내 생각엔 분명히 무슨 음모나 계략이 있을 걸세."

도참은 위험에 대비할 것을 몇 차례 강조하고 목탁에게 묵직한 주머니를 하나 건네주었다.

목탁이 열어보니 작은 금괴가 여럿 들어 있었다.

"이렇게 많은 황금을……."

"필요할 때가 있을 테니 요긴하게 쓰도록 하게. 그럴 리는 없겠지만 진짜로 황궁에 가게 된다면 돌아오는 길에 황각사에 꼭 들렀다 오게."

"예, 사부님께서도 황각사엔 꼭 가달라고 하셨으니까 그리하겠습니다."

"자네가 항주에 도착하면 자네를 도울 사람이 나타날 걸세."

"예?! 나를 어떻게 알고 누가……?"

"하하하! 천하에 내 눈과 귀가 있다네. 자네의 출발을 전서구로 이미 알려뒀네."

목탁은 갑판에 누워 뭉게구름이 흐르는 것을 무심하게 보고 있었다.

'사숙은 배신의 상처가 커서 아무도 믿지 못하는 걸까? 모든 일이 아무 탈 없이 진행되면 좋겠는데. 덕분에 팔자에 없는 황궁 구경도 해보고…….'

목탁은 이런저런 생각을 하다가 옛일들을 떠올렸다.

'곽청! 나의 선녀는 그동안 어떻게 지냈을까? 나 같은 놈을 기억이나 하고 있을까? 에휴, 그땐 내가 미쳤지. 밀무역으로 몇 푼이나 번다고……. 어쨌든 난 하루도 잊지 않고 생각했는데 선녀는 나를 하루라도 생각했을까?'

가장 후회되는 건 괜한 오기로 고향을 떠난 것이다.

생각해 보면 쥐뿔도 없는 놈의 자격지심이었다.

어쨌든 이제 다시 그리운 세상으로 간다. 무인도 3년, 해적질 2년, 합해서 5년 만이다.

세상은 아직도 그대로 거기 있을까? 내가 없는 동안 세상은 얼마나 변했을까?

'사면장을 받으면 현상 수배되었던 것도 풀리겠지?'

위수천은 갑판 바닥에 누워 있는 목탁을 보며 맘이 편치 않았다. 그는 배를 타기 전에 조자영 제독이 한 말을 곱씹고 있었다.

'놈을 죽이면 전서구를 날려라.'

『목탁』 2권에 계속…

十字星
십자성
전왕의 검
허담 新무협 판타지 소설
FANTASTIC ORIENTAL HEROES